千《せん》住《じゅ》宿《しゅく》情け橋 一

吉田雄亮

時代小説文庫

角川春樹事務所

千住宿《せんじゅしゅく》　情け橋（一）

目次

酒合戦

一

墨色だった東の空が薄墨に移ろいはじめ、西空に浮かぶ真っ白な月が山陰に少しずつ近づいていく。

まもなく夜明けであった。

やがて顔を出すであろう朝日を待ちきれぬように、いまだ眠っているはずの一角から物音が聞こえてくる。

人の声。

入り乱れた足音。

何か硬いものを転がす音に、きしむような響きが混じっている。

それらの音は、次第に高まっていった。

やがて、
それは地を揺るがすかのような、どよめきに変わっていった。

青物を扱う市場の、商いが始まる、いつもの動きであった。

通りの両側には、近隣の農民たちが運び込んできた旬の野菜を売り買いする二階屋の青物問屋が建ちならんでいる。

その一角が、千住《せんじゅ》のやっちゃ場であった。

それぞれの問屋の前には筵《むしろ》や低い台が置かれ、その上に野菜、いわゆる青物が山積みされている。

買い付けにきた投師《なげし》と呼ばれる出仲買人《でなかがいにん》が指図する多数の大八車が、ひしめき合いながら建家《たてや》の前に積まれた青物の間を行き来していた。

朝日が昇る兆しか、東に見える筑波《つくば》の山々の後ろから茜《あかね》色の光が差しはじめる。

ほんのわずかだが、やっちゃ場の明るさが増したように感じられた。

朧《おぼろ》にしか見えなかった人の姿も、見極めがつくようになってくる。

と……。

それぞれの青物問屋の一階の低い屋根からせり出すように造りつけられた厚板の上に、ふたりの男が現れた。

問屋の奉公人で、投師たちと青物の取引を仕切る世話人《せわにん》たちであった。

男たちが姿を現すと、群がる投師たちの間から、

「やっちゃ、やっちゃ」

との声が上がる。

やっちゃ場のあちこちがどよめき、あたりを揺るがした。

世話人が競りの始まりを、さらに商う青物の値と貫目を声高に告げると、投師たちが片手を掲げて手の指を立てたり曲げたりして符丁を形作りながら声を張り上げて、買い付ける青物を競っていく。

朝日が顔を出した頃には、やっちゃ場の商いは山を越え、投師たちの何人かは競り落とした青物を大八車に山と積み、それぞれの商い先へ運びだしていった。

早めに商いを終えた投師たちは、買い付けた品々を競りにかけるために江戸御府内の神田、駒込《こまごめ》の青物市場へ持ち込む者たちであった。

千住のやっちゃ場と神田、駒込にある青物市場は江戸の三大青物市場といわれている。その三大青物市場のなかでも、千住のやっちゃ場は、他のふたつ、神田、駒込の青物市場に品々を送り出す、いわば別格ともいうべき市場でもあった。

千住河原《かわら》町にあるやっちゃ場から街道へ向かう通りは急な登り坂になっている。

投師の抱える人足たちだけでは、青物を山積みした大八車を牽《ひ》いて坂道を上るのは困難だった。そこで坂道を上るために大八車を押す人足が入り用になった。

大八車を押す人足を軽子《かるこ》といい、つねに五、六十人、坂道の上り口に群れていた。

その軽子たちのなかに、四十がらみの坊主頭の男の姿があった。中背だが、がっしりした体軀《たいく》、ぎょろりとした目、分厚い唇で丸顔のその男は、大八車を押し上げては、駆け足で坂道を駆け下り、軽子を差配する口入れ屋とおもえる数人の男たちの指図も待たずに、坂道の下で待つ大八車の後ろについた。

口入れ屋の兄貴格が声を荒らげた。

「駄目だよ、覚然《かくぜん》さん。他にも稼ぎたい軽子たちがいるんだぜ。割り込みはなしだ。もどってきた軽子たちの後ろにならんでくれ」

拝むように両手を胸の前で合わせて覚然が応《こた》えた。

「頼むよ。何とか庵《いおり》を住みやすいように造り替えたいんだ。仏につかえる身の拙僧に慈悲を与えて損はないぞ。この通りだ。南無阿弥陀仏《なむあみだぶつ》、南無阿弥陀仏」

いきなり、念仏を唱え始めた。

苦笑いした兄貴格がいった。

「しょうがねえなあ。食えねえ坊さんだ。坊さんに念仏を唱えられたら無下にはできねえ。わかったよ。ただし、これっきりにしてくれ。もっとも、これっきりだと毎日いってるような気もするがな」

「ありがたい。おまえさんには仏の慈悲があるぞ。きっといいことがある」

覚然が、満面を笑み崩した。

朝五つ半（午前九時）近くなると、やっちゃ場の取引はほぼ終わっていた。

働きつづけた軽子たちは、疲れた様子で坂道からやっちゃ場へ斜めに下り落ちる草むらに腰を下ろして休んでいる。なかには大の字に寝転がっている者もいた。

肘枕《ひじまくら》して横になっている覚然のそばに腰を下ろした男がいた。

兄貴格だった。

「覚然さん、今日もかなり稼いだね」

「文吉《ぶんきち》さんのお陰だよ。割り込んでも何度も見逃してくれるからね」

「いいってことよ。お布施がわりだ」

「ありがたいこった。勤行するときに文吉さんの極楽往生を祈っておくよ」

「極楽往生を祈るのは早すぎるぜ。男を上げて銭がたんまり儲《もう》かるようにと祈ってもらいてえな」

「わかった。そうしよう」

「頼むぜ。それより、誰が勝つんだろうね」

「誰が勝つって、何のことだい」

「覚然さん、それでも千住宿の住人かい。誰が勝つかと訊《き》いたら、すぐわかるだろうよ。いまやっている、千住宿ならではの合戦があるだろう」

あっ、と気づいて覚然が応じた。

「千住酒合戦か。鯉《こい》隠居を世話役に文人、戯作者、狂歌師として有名な大田南畝《おおたなんぽ》を見物人、儒者亀田鵬斎《かめだほうさい》、小山田与清《おやまだともきよ》などを立会人《たちあいにん》にして、飛脚屋中屋六右衛門《なかやろくえもん》が還暦の祝いとして自分の屋敷で開いている近郷の大酒吞《の》みたちを集めた催しだな。昨日始まったばかりだ。この刻限じゃ、まだ勝負は決まってないだろう」

「そうかい。問屋場《といやば》の店頭《たながしら》を務めている脇本陣と青物問屋浅尾屋《あさおや》の旦那《だんな》も立会人に名を連ねていらっしゃる。覚然さんは浅尾屋さんと付き合いがあるから合戦の様子でも耳に入ってるんじゃねえかとおもって訊いたんだが」

「まだ何も聞いてないな。それどころか酒合戦のことをすっかり忘れていた。しくじったな」

「しくじったとは」

「酒好きの愚僧が酒合戦のことを失念するとは大失態だ。ただ酒が吞める折りを逸した。残念至極」

「さぞかし残念至極でござんしょうね。覚然さんは底なしの大酒呑みだ。中屋さんは助かりやしたよ。覚然さんが酒合戦に加わったら空になる酒樽《さかだる》の二つ三つは増えるはずだ。その分、中屋さんの懐が軽くなる」

「わしは底なしの酒呑みではないぞ。ただ酒を呑みだしたら止まらなくなるだけのことだ。何よりも酒癖がいい。酔い潰《つぶ》れて寝てしまうだけだ。誰にからむこともない。他人に迷惑をかけることもない。質《たち》のいい酒呑みだ」

「これだ。けっこう癖が悪い酒ですぜ。貧乏徳利片手に街道で高鼾《たかいびき》をかいて大の字になって寝ている。大八車が通れないんで起こそうとするが起きる気配がない。しょうがないんで覚然さんを抱え上げて道脇に寝かせる。それでも目が醒《さ》めない。そんなことがしょっちゅうある。これで他人に迷惑をかけない質のいい酒呑みといえますかね」

「まあ、そういうこともある。細かいことは気にするな」

うむ、と首を捻《ひね》って覚然がことばを重ねた。

「それにしても残念だ。いまから酒合戦に加わることができる、いい手はないかな」

悔しそうに、覚然がさらに大きく首を捻った。

二

〈不許悪客下戸理屈入庵門〉

と墨痕《ぼっこん》鮮やかに記された立て看板が門前に掲げられている。

世話役として鯉隠居の名があった。鯉隠居は、千住駅頌酒堂《しょうしゅどう》の主人で建部《たけべ》巣兆《そうちょう》の門弟だった。鯉の絵を得意としたことから鯉隠居と名乗っている土地の粋人のひとりである。

玄関の式台に、袴《はかま》姿の五人の男が控えていた。正座し、神妙な顔つきで座っている。その様子からみても、酒合戦を、あくまでも真摯《しんし》なものとして行っているという世話役たちの姿勢がみてとれた。

酒合戦が行われている広間では、酔い潰れたのか、ほとんどの者が高鼾をかいて横たわっている。

数人が、大盃《たいはい》を口にあて、なみなみと満たされた酒をちびり、ちびりと呑んでいる。

広間の一隅では、芸者が、景気づけの三味線を弾いていた。

立会人、見物人のほとんどが横になって寝ている。立会人のなかで起きているのは数人だった。が、起きてはいても正座している者はいなかった。胡座《あぐら》をかいている。壁に背をもたせかけて、ふたりの男が控えていた。

大盃を傾けたひとりが一気に飲み干した。

ふうっ、と大きく息を吐いた髭面《ひげづら》の男が、

「もう一杯」

と大盃を突き出した。

酒を満たした鏡樽を手にした注《つ》ぎ手が髭面の男の大盃に酒を満たそうとしたとき、声がかかった。

「権助《ごんすけ》さん、そこまでだ。いかさまはいけねえ」

「誰でえ。おれがいかさまをやったといった野郎は。いかさまなんかしねえぞ。言いがかりをつけるのもいい加減にしやがれ」

酔眼をこらして、権助と呼ばれた男が睨《にら》みつけた。

壁にもたれていた羽織袴姿の男がゆっくりと立ち上がった。

五十半ばの眼光の鋭い男だった。中肉中背、細面の、目鼻立ちがすべて小作りの、特徴のない顔立ちをしている。それでいて、躰《からだ》全体から他を威圧せずにはおかぬ気迫を発していた。

歩み寄る男を見て、権助の顔に怯《おび》えが走った。

「浅尾屋さん、あっしは別に」

浅尾屋と呼ばれた男が、権助の前にきて片膝《かたひざ》をついた。

「いかさまをしている証《あかし》はあるぞ。一張羅の小袖《こそで》の襟元が、しみこんだ酒で濡《ぬ》れている」

いうなり浅尾屋が権助の襟首をつかみ、一方の手を懐に突っ込んだ。

引き抜いた浅尾屋の手に、水滴が垂れるほど、ぐっしょぐしょに濡れた手拭《てぬぐ》いが握られている。

手拭いを権助の鼻に押しつけ、浅尾屋がいった。

「権助、おまえが大盃を傾けるとき、前に首を曲げて酒を呑む仕草がどうにも気になってな。じっと見ていたのよ。おまえは、まず懐からはみ出すように入れた手拭いに酒をしみこませて、躰に入る酒の量を減らしていたんだ。この上、しらを切るなら手拭いを絞って、しみこんだ酒を呑ませてやろうか」

襟を持った手に浅尾屋が力を込めた。

その手を押さえて、権助が声を高めた。

「勘弁しておくんなさい。ばれちゃあ仕方がねえ。合戦に勝ったらもらえる賞金が欲しくてやったことだ。勘弁してくだせえ。お許しを」

「端《はな》からそういやあ余計な手間をかけずにすんだんだ。権助、おまえも駕籠舁《かごかき》仲間じゃ一方《ひとかた》の頭格といわれる男だ。往生際が悪すぎるぞ」

「さすが問屋場で千住宿の旅籠《はたご》や御店《おたな》の揉《も》め事《ごと》の始末を取り仕切る店頭をつとめていらっしゃる浅尾屋さんだ。仲間内の呑み比べじゃ、この手を使ってもただの一度も見破られることはなかったのによ」

にやり、として浅尾屋がいった。

「着なれぬ小袖を着ているから、勝手が違ったんだろうよ。さっさと引き上げな」

襟をつかんでいた手を浅尾屋が放した。

その瞬間、ぐらり、と権助の躰が揺れた。

「いけねえ。途端に酔いがまわってきやがった。もういけねえ」

そのまま、権助が崩れ落ちた。

高鼾をかきはじめる。

舌を鳴らした浅尾屋が、

「しようがねえ奴だ。いかさまがばれたら、気がゆるんだのか、すぐに寝ちまった」

酒に濡れた手拭いを権助の躰の上に投げ置いた浅尾屋が、振り向いて声をかけた。

「鯉隠居の旦那、居眠りなんかしてないで、しっかり目を見開いて合戦の成り行きを見つづけなきゃいけませんよ。いかさまをやってるのは権助だけじゃないかもしれない」

ぶるる、と顔を振って眠気を払った六十がらみのがりがりにやせ細った、小柄な鯉隠居が、金壺眼《かなつぼまなこ》をこすりながら顔を突き出し、

「権助がいかさまをしくさったのか。どんないかさまをやらかしたのだ。吐《しか》りつけてやる」

寝惚《ねぼ》け眼で見渡した。

眠っている権助を見つけて、

「権助め、鼾をかいている。いつ寝たんだ。わしは、転た寝《うたね》をしていたのかもしれんな。寄る年波、夜を徹するとこたえる。まさか、酒合戦が日をまたいでも勝負がつかぬとはおもわなんだ」

おもわず欠伸《あくび》をした鯉隠居が、周章《あわ》てて掌《てのひら》で口を押さえた。

壁際にもどった浅尾屋が胡座をかいて壁に背をもたせかけた。

黙然と酒合戦の場に目を注ぐ。

権助のいかさまを見抜いた浅尾屋は、名を十蔵《じゅうぞう》といい、豪農で、貴人の御用宿を務めないときは、武家、町人にかかわりなく宿泊させる脇本陣と青物問屋浅尾屋を営む商人であった。また千住宿の問屋場から店頭にも任じられている。

浅尾屋十蔵は元は御家人の次男坊であった。旧名は岡部《おかべ》十蔵。梶《かじ》派一刀流の免許皆伝の腕前で、四谷の梶派一刀流梅津多聞《うめづたもん》の道場で師範代を務めていた。

梶派一刀流は小野《おの》派一刀流を創始した小野次郎右衛門忠常《じろうえもんただつね》の門下で、門下中随一の業前《わざまえ》と讃えられた幕臣梶新右衛門正直《しんえもんまさなお》がつたえ、実弟の原田市左衛門利重《はらだいちざえもんとししげ》がその後をついで開いた流派だった。梶新右衛門が幕臣だったこともあり、梶派一刀流の門を叩《たた》く幕臣は多かった。

御家人の次男坊だった岡部十蔵が武士の身分を捨て、商人になったのは、浅尾屋の先代との出会いがきっかけだった。

剣術好きで梅津道場に通ってきていた浅尾屋の先代が磊落《らいらく》な気性の十蔵に惚《ほ》れ込み、

「婿として迎え入れた男が早死にして後家になって十数年、すでに三十を過ぎてしまった娘だが妻に迎えてもらえませぬか。お願いついでに、もうひとつ。浅尾屋の婿になってもらいたい。商人になって浅尾屋の身代を継いでもらいたいのですよ。なんとか色よい返事をいただきたい。私は岡部さんに、ぞっこん惚れ込みました」

と、懇願したのだった。

次男坊の冷や飯食いで、貧しさゆえに嫁ももらえぬと、半ば世をはかなみ始めていた十蔵に否やはなかった。あっさりと武士の身分を捨て、浅尾屋に婿入りしたのだった。

もともと商いに向いていたのか、わずか数ヶ月で算盤《そろばん》を習得した十蔵は先代の教えを受けながら脇本陣と青物問屋の商いをおぼえ、豪農でもある浅尾屋が田畑を貸す小作人たちも巧みに使いこなして、自前の農作物を収穫し、青物問屋の浅尾屋に納めさせた。

五年前に先代が死去し、その一年後に先代の後を追うように、急な病で女房が死んだ。それ以後、十蔵は女房を迎えていない。

が、女がいないわけではなかった。十蔵は二十五になるお倫《りん》と二十一のお道《みち》という、ふたりの女を屋敷内に囲っていた。

そんなわけで十蔵は、ふたりの女を囲っていることを知る千住宿の住人から、

「好き者の旦那」

と陰口を叩かれている。十蔵は、商いでみせる隙《すき》のない一面と女にだらしのない一面が同居する、つかみ所のない、鵺《ぬえ》のような男とおもわれていた。

「だからいってるだろう。千住宿で揉め事が起きたんだ。店頭の浅尾屋の旦那に知らせなきゃいけないんだよ。通らしてもらうよ。何で止めるんだよ」

甲高い女の声が広間まで聞こえてきた。

声のほうを見やった十蔵が傍らに控えている着流しの浪人に話しかけた。

「お倫の声のようだな。あいつが騒ぎ立てるとたいがいの男がまいってしまう。根は優しいんだが、どうもことばが荒くていけない。式台で客の差配をしている中屋の奉公人たちも困っているだろう。立会人である以上、わしは酒合戦の場から離れるわけにはいかぬ。英次郎《えいじろう》、お倫から揉め事とやらのなかみを聞き、わしの代人として出張ってくれ」

「承知しました」

英次郎と呼ばれて立ち上がった浪人の名は真木《まき》英次郎。英次郎は長身、筋骨逞《たくま》しい体軀の持ち主で、眉《まゆ》黒く、目鼻立ちのととのった、彫りの深い顔立ちの、荒事を得意とする歌舞伎《かぶき》役者にしてもいいような好男子だった。

立ち上がった英次郎が広間から出て行くのを見届けて、十蔵が酒合戦の場に目をもどした。

「残るはふたりか。あの様子では、まもなく勝負がつきそうだ」

つぶやいた十蔵が大盃を干すふたりを凝然と見つめた。

「お倫さん、何が起きたのだ」

奥から出てきて声をかけてきた英次郎を見て、式台の前に立って行く手をふさぐ男たちと睨み合っているお倫が声を上げた。

瓜実顔《うりざねがお》で色白のお倫は、勝ち気が見え隠れする切れ長の目が艶《つや》っぽい、小股《こまた》の切れ上がった粋筋の美形だった。

「真木さん、大変なんだよ。さっき問屋場へ苅豆屋《かりまめや》の番頭が、食売女《めしうり》がふたり、足抜きした、いろいろと手配りをしてくれ、と駆け込んできたんだよ。問屋場の下働きが脇本陣に知らせにきて、それであたしがここへつたえにきたのさ」

「食売旅籠の苅豆屋の食売女がふたりも足抜きしただと。それは大変だ。すぐ行こう」

「店頭副役《そえやく》の真木さんが顔を出してくれりゃあ、誰にも文句はいわせないよ。あたしもついていく」

「ついてくるのはかまわぬが、万事控えめに頼むぞ」

「そこんところはわきまえてるよ。心配ご無用、だてに年を重ねちゃいないよ」

「お倫さんは苅豆屋の食売女たちから、足抜きしたふたりのことを聞き込んでくれ。男のおれが訊くより、お倫さんが訊いたほうが食売女たちも話しやすいだろう」

「あたしも、そうおもうよ。まかしといておくれ」

ぽんと、お倫が自分の胸を平手で軽く叩いた。そんな仕草も、はっとするほど色っぽい。

男たちに顔を向け、英次郎がことばをかけた。

「おれの草履をだしてくれ」

「わかりやした」

式台の前、男たちのひとりが両脇にならべた草履のなかから一足を手に取って、英次郎の前に置いた。

「おれは食売旅籠の苅豆屋にいると店頭につたえてくれ」

草履を履きながら告げた英次郎に、

「必ずつたえます」

応えて男が頭を下げた。

歩き出した英次郎にお倫がつづいた。

三

千住宿は日光道と奥州道、東海道、中山道、甲州道の五街道のうちのふたつの街道、奥州道と日光道の初駅である。

さらに千住宿は、水戸佐倉道とも呼ばれる水戸街道、流山《ながれやま》道といわれる下妻《しもつま》街道へ通じる脇往還の分岐駅でもあった。

千住宿は隅田川に架かる千住大橋をはさんで千住北組、千住南組の二組に分かれていた。熊谷《くまがや》堤より北側の堤の内に位置する千住一、二、三、四、五丁目よりなる本宿、堤外側の掃部《かもん》宿、河原町、橋戸町からなる新宿までを千住北組といい、千住大橋を境に、江戸御府内へ向かってつらなる小塚原《こつかっぱら》町、中村町を加宿と呼んで、千住南組と称した。

宿場の旅籠には、男の泊まり客相手に春をひさぐ女を抱える旅籠、飯盛旅籠とただ客を泊めるだけの平旅籠の、商いのやり方が違う二種類の宿があった。他の宿場では飯盛旅籠で抱えている女のことを、飯盛女と呼んだが、千住宿では、飯盛旅籠を食売旅籠、食売旅籠に抱えられている女を食売女と呼んだ。

遊女の数では品川宿に及ばないが、千住宿の食売女は髪衣裳は吉原の河岸見世風、柄が悪くて吉原の二流どころがそろった安価で気楽に遊べる宿駅《ところ》と評され客足が絶えなかった。

しかし、飯盛女を抱える飯盛旅籠が建ちならび、宿駅というより江戸郊外の色里といわれることが多い品川宿と違って、やっちゃ場を中心にさまざまな職種の問屋が集まり、それら問屋の蔵が建ちならぶ千住宿は、紙でつくられた、俗に〈千住〉といわれる煙草《たばこ》入れや絵が描かれた地口行燈《あんどん》、手描きの絵馬などの名産品でも名高い商いの町でもあった。

食売旅籠莿豆屋は千住本宿にあった。

長火鉢を前に座った莿豆屋太兵衛《たへえ》と向き合って真木英次郎が座している。莿豆屋の斜め脇に食売旅籠新田屋《にったや》と砂倉屋《さくらや》の主人が控えていた。

莿豆屋から新田屋、砂倉屋へと目を移して、真木英次郎がいった。

「足抜きは莿豆屋さんだけじゃなかったのか。莿豆屋さんでふたり、新田屋さんと砂倉屋さんでひとりずつ、合わせて四人の食売女が昨夜のうちに足抜きした。ほかにも足抜きした食売女がいるかもしれぬな」

「私も、そんな気がします。新田屋さんと砂倉屋さんは深い付き合いがあるから私のところに駆け込んできたが、他の旅籠は問屋場へ知らせに行くはず」

応じた茢豆屋が英次郎を見つめて、ことばを重ねた。

「足抜きした女たちに追手をかけますが、いいですね」

「店頭の指図を仰ぐ。それまで待ってくれ。もののはずみで手荒なことをしたら、千住宿の悪い噂《うわさ》が広まる。千住宿にやってくる客が減る恐れもある。商いがしにくくなるだろう」

「たしかに。足抜きした食売女は、それぞれの食売旅籠で行方を追うことになりますが、私のとこと新田屋さん、砂倉屋さんが食売女を追いかけるとなると、隠そうとしても隠しきれずに騒ぎが大きくなるでしょうね」

と……。

戸障子ごしに廊下側から声がかかった。

「旦那さま、副役さんに急ぎ知らせたいことがあるといって、浅尾屋のお道さんがきてます。通しますか」

「お道がきた。新たな揉め事が起きたのかもしれぬな」

首を傾《かし》げた英次郎が顔を戸障子のほうへ向けて、声を上げた。

「店頭副役の真木だ。私がお道のいるところへ行く」

大刀を手にして英次郎が立ち上がった。

表戸から板敷につづく土間でお道が待っている。

奥から出てきた英次郎に気づいてお道が声をかけてきた。

「真木さん、問屋場から知らせがあって」

左右に目を走らせて、英次郎が応じた。

「表へ出よう。ここでは客の出入りがある」

無言で、お道がうなずいた。

茢豆屋の脇にある通り抜けのそばで英次郎が足を止めた。

お道も立ち止まる。

振り向いて、英次郎がお道に訊いた。

「他にも足抜きした食売女がいたのだな」

「食売女がそれぞれひとりずつ足抜きしたと、中里屋《なかざとや》、日原屋《ひばらや》、瀬沢屋《せざわや》さんの番頭が問屋場へやってきて、すぐにも三人の食売女を追いかけたいが、後々のために店頭に話を通しておきたい、と申し入れてきたそうです」

「すでに四人、新たに三人、合わせて七人の食売女が足抜きしたのか。苅豆屋でふたり、他の食売旅籠五軒で五人。食売旅籠六軒が同時に足抜きした食売女たちを追いかけるとなると千住宿は大騒ぎになる」

「私が足抜きしたときも、砂倉屋さんから頼まれた隅田《すみだ》一家の子分たちが宿場内をかけずり回って大変な騒ぎになりました。浅尾屋の旦那さまが乗り出されてこられて、あたしが食売女としてでなく下働きとして年季奉公に出てきたのだということを訴えたら、証文を調べてくださって、それで」

「店頭がお道さんの前借分を砂倉屋さんに払って、一件は落着した。そういうことだったな」

「そうです。それであたしは、何のお礼もできないので、自分から望んで旦那さまの身の回りの世話をさせてもらうようにしたのです」

そのときのことを思い出したか、お道が身を震わせた。溜息《ためいき》をついて、お道がことばを重ねた。

「旦那さまに、あのとき乗り出してもらえなかったら、あたしは、いまごろどうなっていたか。おそらく隅田一家につかまって砂倉屋に連れもどされ、無理矢理客をとらされて食売女として働かされていたはずです。隅田一家の子分たちがかけ合う、わめき声や入り乱れた足音を、いまも時々、おもいだします」

「ひとりが足抜きしただけでも、いきり立ったやくざたちが足抜きした食売女を探し回り、追い回して一騒動になる。千住宿には食売女と無縁の平旅籠もある。堅気の商いをやっている御店もある。騒ぎが大きくなると客足が遠のく。みんなが迷惑をこうむることになる」

「たしかに」

「足抜きした食売女たちを抱えている食売旅籠は千住本宿にある宿ばかりだ。千住大橋を渡った川向こうにある千住加宿を縄張りとする地蔵《じぞう》一家がかかわることはないだろう。お道さん、これから自身番へいって大家代人の伊八《いはち》に隅田一家の動きを調べるようにつたえてくれ。おそらく自身番の番太郎ふたりも出払うことになるだろう。お道さんは自身番に詰めて、つなぎの役目についてくれ」

「わかりました」

応えたお道が背中を向けた。

しばしお道を見送って、英次郎が苅豆屋へもどるべく足を踏み出した。

座敷に英次郎がもどると苅豆屋と新田屋、砂倉屋が躰を寄せ合い、剣呑《けんのん》な顔つきで何やら話し合っていた。英次郎に気づいて苅豆屋たちがあわてて離れ、元いたところに躰をもどした。

「まさか足抜きした食売女をどうやって連れもどすか、相談していたのではあるまいな」

誤魔化し笑いを浮かべて苅豆屋が応じた。

「とんでもない。店頭の許しが出るまで、私らは動きません。何せ店頭は私ら食売旅籠のお目付役で、逆らえば抱える食売女の人数を減らすこともできる、御上につながる立場。逆らうことはできませんや。もっとも許しが出れば、すぐ動きやすがね。何せ女たちには大枚の元手がかかってますんで」

にやり、として英次郎がいった。

「店頭の許しが出るまで動かないというのは、ほんとうだな。その場しのぎのことばではあるまいな」

「副役、疑り深いのもほどほどにしてくださいな。私たちは、これでも旅籠商いをやっている、正真正銘の堅気ですよ」

「なるほど、ものは言いようだな。この場では苅豆屋のことば、信じよう」

「信じていただいて、痛み入りやす。で、副役には、これからどう動いてもらえますんで。私ら千住宿の旅籠や茶屋、青物問屋をはじめとする商家は、厄介事が起きたときにそなえて、月々、店頭に大枚の安堵代《あんど》を納めています。噂によれば、店頭の浅尾屋さんの懐には一年で千両はくだらない安堵代が集まるという話。安堵代とつり合う働きをしてもらいたいもので」

　ことばは丁寧だが、その音骨《おとぼね》には厭味《いやみ》な響きが籠もっていた。

「心配するな。そのこと、店頭は先刻ご承知だ。どうすれば千住宿の繁栄を守れるか、そのことを考えた上で店頭が判断される」

「わかりやした。あっしらのことより、まず千住宿をどう守るか考える、ということでござんすね」

「安堵代は食売旅籠や平旅籠のほか、千住宿にあるすべての御店が拠出している。まず千住宿の安堵を図る。当然のことではないか」

　皮肉な薄ら笑いを浮かべて茢豆屋がいった。

「これだけは覚えておいておくんなさい。食売旅籠の旦那たちのなかには、浅尾屋さんが店頭でいることに不満を持っている連中も少なくない。もっと食売旅籠が儲かるように動いていただかないとあからさまに逆らう者も出てきますよ」

「それは、どういう意味だ」

「ことばのとおりでさ」

敵意を剝《む》き出して莿豆屋が英次郎を見据えた。

英次郎が見つめ返す。

同座している砂倉屋と新田屋も英次郎を睨《ね》め付けた。

剣呑な沈黙がその場に流れた。

その瞬間……。

「副役さん、あたしの用は済んだよ。引き上げましょう」

廊下側からお倫の声がかかった。

拍子抜けしたように莿豆屋たちが、戸障子のほうを見やった。

戸障子の向こうからお倫が顔をのぞかせて微笑《ほほえ》みかけ、会釈した。

莿豆屋たちが小さくうなずく。

絶妙の間を計って、お倫が声をかけたことを英次郎は察していた。すでにお倫が、戸障子の向こう側、廊下に立っていたことを英次郎は気配で感じ取っていた。お倫は英次郎と莿豆屋との話が何やら面倒なことになりかねないと推量して、声をかけずにいたのだろう。

すでに、その場の尖《とが》った空気は消え失《う》せていた。

「私のほうも話は終わった。引き上げるとするか」

大刀を手にとり、英次郎が立ち上がった。

四

苅豆屋の店を出たとき、足を止めてお倫が声をかけてきた。

「お道さんが知らせてきた中里屋から日原屋、瀬沢屋へまわろうよ。新田屋と砂倉屋は苅豆屋の手下みたいな連中だ。新田屋と砂倉屋の食売女に聞き込みをかけても、苅豆屋の食売女から聞き込んだ話とたいした違いはないだろうし、そうはおもわないかい」

「おれもそうおもう。聞き込みに行こう」

そう話し合って、ふたりはいま中里屋へ向かっている。

生来せっかちな質なのか、お倫は、さっさと早足で歩いていく。後から行く英次郎はお倫の後ろ姿を眺めながら、十蔵とお倫がかかわりを持つきっかけになった経緯《ゆくたて》をおもいだしていた。

お倫はもとは女盗人《ぬすっと》だった。十蔵が懇意にしている豪農の屋敷に盗人一味の引き込

み役として入り込み、働いていたお倫の動きに不審を抱いた十蔵が策をめぐらし、その豪農に、

「脇本陣の女中が足りなくて困っている。お倫を浅尾屋に譲ってくれないか。給金はおまえさんのところより、多少は色をつけてはずむよ」

と申し入れた。豪農は、

「いっこうにかまわない。お倫に、私から話そうか」

とあっさり了承し、ふたりがいる座敷にお倫を呼んだ。

豪農から話を聞いたお倫は、気乗りしない様子でしばし黙り込んでいたが、断り切れないと判じたのか、

「脇本陣の勤めがあたしにあうかどうか、二、三日働いてみます。あわないとおもったときには、お断りするかもしれません。そのときは、旦那さま、もう一度ここで働かせてもらえますか」

と豪農に頼み込んだ。

「それはかまわないが」

応えた豪農が十蔵に顔を向けて、ことばを重ねた。

「どうだね、浅尾屋さん、お倫のいうように、二、三日働いてから浅尾屋に奉公する

かどうか決めるということでは」

「私はかまわないよ。お倫さん、明日の朝から働きにきてくれないか。住み込む部屋も手配しておくからね」

訊いた十蔵に、お倫が曖昧《あいまい》な笑みを浮かべて無言でうなずいた。このとき、十蔵はお倫に抱いていた疑惑が、さらに深まっていくのを感じていた。

〈どうしても、この屋敷に住み込んでいなければならない理由が、お倫にはあるのだ〉

心中で十蔵は、そうつぶやいていた。

翌朝、着替えと身の回りの品を入れた風呂敷《ふろしき》包みを抱えてお倫が脇本陣浅尾屋にやってきた。

脇本陣の一室、帳面あらためや奉公人との会合に使う座敷で十蔵はお倫と向き合って座っている。

単刀直入に十蔵が問いかけた。

「お倫、私が千住宿の店頭だということは知っているね」

「知っています」

「店頭として私は、いろいろなことをしてきた。火付盗賊改メ方の与力、同心の旦那方の捕物に合力して盗人一味を一網打尽にしたことも何度かある。だから盗人一味のやり方はそれなりに知ってるつもりだ」

「なぜ、そんなお話を」

「心当たりがあるんじゃないか。自分の胸に訊いてみたらどうだ」

「そういわれても、あたしには何が何だか」

「見当もつかないというのかい」

無言でお倫がうなずいた。

「そうかい。なら私の口からいわなきゃいけないね」

ことばを切った十蔵がお倫を凝然と見据えた。

表情も変えずにお倫が見つめ返す。

「お倫、おまえは用もないのに、なぜ、あの屋敷の金蔵のなかをのぞき込むんだい。かかっている錠前まで手にとっていたじゃないか。錠前を手にとって造りをあらためる理由でもあるのかい」

その瞬間、お倫が息を呑んだ。わずかな変化だったが十蔵は、お倫の動きを見逃さなかった。

目を注いだまま十蔵がお倫に告げた。

「いったはずだ。私は千住宿の御店に押し込み家人、住み込みの奉公人を皆殺しして金品を強奪し逃げ去った盗人一味の探索を手伝ったことがある、とね。盗人一味は押し入るときに備えて、なかから戸をあけさせるための引き込み女を狙《ねら》う屋敷に入りこませると火盗改メの旦那方から聞いたことがある」

ふっ、と微《かす》かな笑みをお倫が浮かべた。

上目遣いに十蔵を見つめて、お倫が膝を崩した。それまでのかしこまった態度が嘘《うそ》のようなふて腐れた様子だった。

「どうやら浅尾屋の旦那は、あたしが口を割るまで押し問答する気だね。あたしゃ、面倒くさい話は嫌いなんだよ」

「盗人一味であることを認めるのだな」

「そうだよ。煮るなと焼くなと勝手にしておくれ」

睨みつけたお倫を見つめて十蔵がいった。

「お倫の好きにすればいい」

訝《いぶか》しげな眼差《まなざ》しでお倫が十蔵を見つめた。探る口調で問いかける。

「あたしを見逃してくれるのかい」

「おれは役人ではない。それに、おまえは、この千住宿ではまだ罪を犯してはいないからな。ただし、おまえたち一味が狙いをつけた、私の知り合いの屋敷にもどることは許さぬ」

「もどらないよ。ただね」

「ただ、何だ」

「あたしをずっと浅尾屋で働かせておくれよ」

「それはかまわぬが」

「それから、もうひとつ頼みがあるんだ」

「頼み？」

「盗人一味は掟《おきて》が厳しいのさ。あたしが狙うお店からいなくなったと知ったら一味の奴らは、裏切ったあたしを探しだして殺そうとするだろう。浅尾屋の旦那さんは剣の達人だという噂を聞いたことがある。お倫とは主人と奉公人のかかわりでいいのではないか」

「そいつは、どうかな。お倫とは主人と奉公人のかかわりでいいのではないか」

「それじゃ困るよ」

声高にいい、お倫が拗《す》ねた目で十蔵を睨め付けた。

「旦那は、あたしに死ねというのかい」

「死ねとは大袈裟《おおげさ》な。わかったわかった。守ってやろう」

呆《あき》れ顔で応えた十蔵に、

「ほんとだね。ほんとに守ってくれるんだね」

「守る。武士に、いや、男に二言はない」

「守ってくれるというんなら、二言はないというんなら証をおくれよ」

「証？　紙切れ一枚の証が何の役に立つ」

「紙切れの証なんて何の役にも立たないのは、よくわかってるよ。わかってるんだけどさ」

「何がいいたいのだ。当分の間、表に出ず脇本陣のなかで過ごすがいい。水汲《みずく》みや拭《ふ》き掃除など、不本意かもしれぬがなかのことをやっていればいい。いかに凶悪な盗人一味といえども脇本陣のなかまで入り込み、襲ってくることもなかろう」

「くるかもしれないよ」

独《ひと》り言《ご》ちたお倫が、うつむいて黙り込んだ。

しばしの間があった。

顔を向けて、お倫が話しかけてきた。

「旦那、独り身だろう」

「いまのところはな」

「ならあたしに旦那の身の回りの世話をさせておくれよ。いいだろう。それなら外へ出る用はいつけられない」

「たしかにそうだな。いいだろう、大番頭の儀助《ぎすけ》にそういっておく」

「話は決まった。旦那の居間と寝間へ連れていっておくれ。掃除ぐらいしてもいいだろう」

「わかった。とりあえず、お倫の使う部屋へ案内しよう。それから私の居間や寝間へ向かおう」

笑みをたたえていい、十蔵が立ち上がった。

その日の夜、異変が起こった。

寝間に寝間着姿のお倫が忍び込み、夜具で寝ている十蔵に歩み寄ったかとおもうと、寝間着と腰の物を脱ぎ捨て、生まれたままの姿になって床のなかに潜りこんだ。

お倫が十蔵の躰にしがみつく。

さすがの十蔵も虚をつかれた。

「何をする」

と払いのけようとした十蔵に、さらに手足をからませ、躰を押しつけながらお倫がいった。

「女が男に証をくれ、といったときは目合《まぐわ》ってくれ、男と女のかかわりを持ち合おうってことなのさ。あたしが生まれ育ってきた盗人の渡世じゃ、目合うことが約束を守るという証なのさ。抱いてもらうよ」

躰を押しつけながら股を開いて両脚を十蔵の太股《ふともも》に絡ませたお倫は、這《は》って蠢く虫のように小刻みに腰を動かして、十蔵の一物を自分の器にくわえ込んだのだった。

「その夜以来、お倫は私の居間に居座り、身の回りの世話をするようになった。私も、世話をしてくれる者がいたら、それはそれで楽だし、ついずるずると時が過ぎてしまった」

三年ほど前に英次郎が脇本陣浅尾屋に遊びにいったとき、十蔵がみょうに神妙な顔つきでいったものだった。

お倫は、十蔵の任された店頭という役務にはおおいに役に立った。

〈毒をもって毒を制す〉の讐《たと》えどおり、女盗人として盗人稼業で培った、悪党の手立てと策を見透かすお倫の読みと勘働きには、英次郎が舌をまくほどの、鋭さと冴《さ》えがあった。

不思議なことに、お倫は、足抜きの責め折檻《せっかん》から逃れることができたお道に知恵をつけ、

「あたしにできるお礼はこういうことしかない、と迫って一度だけでも浅尾屋の旦那さんに抱いてもらうんだ。まだ男を知らないお道さんには辛《つら》いことだろうが、いつ冷たく追い出されるかわからないと不安な気持ちで毎日を過ごすより、あたしは旦那の手がついた女だという、躰に焼きつけた証を手にしたほうが何かと楽になるんじゃないのかい」

と言い聞かせて、十蔵に夜這いをかけさせている。

さらに驚いたことは、ぎこちなく夜這いをかけてきたお道を、十蔵はすんなりと受け入れて女にしている。

一年半ほど前、お道と男と女のかかわりを持ったことについて英次郎がさりげなく十蔵に訊いたことがある。

そのとき十蔵は、にやり、として、

「ただの、人助けさ」

とだけ応えている。

英次郎は、

「ただの、人助けさ」

とおもわず口に出していた。

こころなしか、その物言いが十蔵の口調に似ていることに気づいて、英次郎は苦笑いを浮かべていた。考えてみれば英次郎と十蔵の縁にも、なにやら運命の糸にもてあそばれているような人知の及ばぬ不思議なものが感じられる。

いまは商人になりきっているが浅尾屋十蔵は英次郎とは梶派一刀流梅津道場の、年の離れた兄弟弟子でもあった。

浅尾屋で商人修業をする十蔵をしたって英次郎は、月に一度は千住宿まで足を運びつづけた。

暇をみつけては十蔵は木刀を手に英次郎と稽古をした。

十蔵の手ほどきが功を奏したのか、四年前に英次郎は梶派一刀流の免許皆伝を得た。

そして、一年前、英次郎は御店の娘とともに浅尾屋に押しかけてきたのだった。

娘の名はお澄《すみ》。本町にある唐物小道具問屋長崎屋《ながさきや》の娘だった。

「長崎屋さんからお澄との祝言を強く反対され、駆け落ちしてきました。頼れるお方は十蔵さんしかおりませぬ」

と頭を下げる英次郎に十蔵は、

「離れがある。そこに住めばいい」

とあっさりと引き受けてくれたのだった。

以来、英次郎は問屋場から店頭の役をまかされている十蔵の片腕、店頭副役として働き、長崎屋の父から算盤や帳面づけを教え込まれていたお澄は、十蔵からすすめられるまま脇本陣、青物問屋二店の浅尾屋の帳面づけの手伝いをやりはじめ、いまでは大番頭儀助におおいに重宝がられている。

（この一年、あっという間に過ぎさった。やっと千住宿のことが、住まう人々のおもいがわかりかけてきたような気がする）

歩を運びながら胸中でつぶやいた英次郎は、すでに自身番についているであろうお道におもいを馳《は》せた。

五

自身番は千住三丁目にあった。お道はひとり自身番の座敷に座っている。

やってきたお道から、

「隅田一家の動きを調べてくれ」

との英次郎のことばをつたえられた伊八はふたりの番太郎に指図して、そそくさと自身番を出ていった。

大家代人をまかされている伊八は、もとは江戸は四谷を持ち場とする岡っ引きであった。

「捕物に役に立てたい」

と考えた伊八は梶派一刀流梅津道場に入門した。師範代だった十蔵の手ほどきを受け、剣術の腕もめきめきと上達し、二年足らずの間に目録を授けられるまでになった。

町奉行所の同心からも捕物上手と認められ、まさに順風満帆だった伊八に、おもわぬ災難が降りかかった。仕事熱心なあまり、住まいを留守にすることの多い伊八に愛想を尽かしたのか女房が男をつくった。

長引くはずの捕物が早めに落着し住まいに帰った伊八は、女房の間男の場に出くわしたのだった。

激した伊八が抗《あらが》った女房と匕首《あいくち》を抜いて突きかかってきた密通の相手の遊び人、騒ぎに気づいて止めに入った、近所に住む遊び人の仲間を十手で叩き殺した。

密通していた女房と相手の遊び人は殺しても罪には問われないが、遊び人の仲間を殺している。情状を認められ、軽い申し渡しが下されたとはいえ石川島の人足寄場送りは免れなかった。

三年のお勤めを終えた伊八を出迎えたのは意外な人物だった。

髪を町人髷《まげ》に結い上げ、いかにも御店の主人といった出《い》で立ちの十蔵に声をかけられた伊八は、一目見ただけでは、その町人が梅津道場の師範代だった岡部十蔵だとわからなかった。

「いまは養子になって、千住宿の脇本陣と青物問屋浅尾屋の主人だ。伊八にやってもらいたいことがあってな。迎えにきたのさ」

やってもらいたいと十蔵がいっていたことが千住宿の自身番の大家代人だった。

伊八は自身番に住み込んでいる。番太郎が昼夜ふたりずつ、合わせて四人、通いで自身番で働いている。五人もいても、しょせんは男所帯だった。座敷二間に板敷の間一間という、自身番にしては広い造りの建家のなかは決して片付いているとはいえなかった。

それまで座敷に座ってなかを見回していたお道は、立ち上がって式台から土間に降り立った。

つくりつけの物入れから箒《ほうき》とはたきをとりだす。

座敷にもどったお道は箒を壁にたてかけ、はたきをかけ始めた。その様子は、さながら伊八の留守の所帯を守る世話女房のようにおもえた。


千住大橋をはさんで江戸御府内に向かって小塚原町、中村町へとつらなる加宿は地蔵一家の縄張り内であった。お道から聞いた、食売女が足抜きした食売旅籠は千住大橋から日光、奥州へと通じる千住新宿、千住本宿に集中していた。千住本宿、千住新宿は隅田一家が縄張りとしている。

いま伊八は隅田一家の表戸を見張ることができる町屋の陰で張り込んでいる。番太郎のひとり磯松《いそまつ》は隅田一家の裏口近くで張り込みをつづけていた。番太郎の残るひとり、千吉《せんきち》は苅豆屋の張り込みについていた。

まだ隅田一家には見るべき動きはなかった。一家に出入りする子分たちにも殺気だったものは感じられなかった。すでに日頃から手当をもらっている苅豆屋から食売女が足抜きしたことは隅田一家につたわっているはずであった。

（なのに隅田一家に何の動きもない）

そのことが伊八に奇異なものを感じさせた。

「店頭から許しが出るまで動かぬように」

と英次郎が苅豆屋たちに釘《くぎ》をさしている。

が、そのことが苅豆屋たちの動きを封じたとは、伊八にはとてもおもえなかった。いままで足抜きした食売女たちに、苅豆屋や苅豆屋につながりのある食売旅籠の主人たちがどれほど冷酷な扱いをしてきたことか。

(お道も、足抜きしたとき、隅田一家に追い立てられ、生きた心地がしなかったといっていた)

不意に湧《わ》いたお道の昔話に、伊八は、一瞬、途惑っていた。

なぜお道をおもいだしたのか、伊八にはおもい当たることがあった。

半年ほど前からお道が自身番に顔を出すようになった。やってきては、自身番の掃除をしたり、ときには食事の支度、破れた衣の繕いや洗衣までしてくれる。ちかごろでは、それこそ三日とあけずやってくるようになった。

最初は何とも感じなかった伊八だったが、次第に伊八を見つめるお道の眼差しが気になりはじめた。お道はけして美形ではないが愛嬌《あいきよう》のある、可憐《かれん》な野の花をおもわせる顔立ちの、優しさを感じさせる女だった。いつしか伊八も、お道に惹《ひ》かれはじめていた。

しかし、お道は伊八が好きになってはいけない女だった。お道は、寄場帰りの伊八の請け人になり、千住宿の自身番の大家代人として働くことができるように取り計ってくれた恩ある人、浅尾屋十蔵の囲い者であった。

(惚れちゃいけねえ。お道は浅尾屋さんにかかわる女。浅尾屋さんを裏切ることはできねえ。お道は、おれには、端から手の届かない女なんだ)

胸中で呻《うめ》いた伊八は、未練を断ち切るかのように小さく頭を振り、目を大きく見開いて、隅田一家の表戸を凝然と見つめた。

すでに日も暮れかかっているというのに、問屋場の前の通りは早駕籠や伝馬の乗り継ぎの手配で人足たちが忙しく立ち働いている。

その問屋場と隣り合う問屋会所の、店頭にあてがわれた座敷で羽織をまとい小袖を着流した出で立ちに着替えた十蔵の脇に英次郎が、お倫、伊八が向かい合って座っている。

英次郎とお倫、伊八が聞き込んだことを聞き終えて、うむ、と十蔵が首を傾げた。

「荊豆屋にも、隅田一家にも何の動きもないか。いつもなら隅田一家が足抜きした食売女を大騒ぎして探しまわっているのだがな」

そうつぶやくなり黙り込んだ十蔵が口を開くのを待って英次郎、お倫、伊八が無言で見つめている。

空を見据えていた十蔵が、英次郎を見やった。

「英次郎、これから覚然さんの庵へ出向いて、明日から鳥見役や隅田川組番番士の住む屋敷の様子を探るようにつたえてくれ」

「承知しました」

「千住宿には将軍家の船遊びのために配された隅田川組番の管理する御座船、警固に用いる船々、川遊びのための用具を入れた船具小屋に将軍様御用の船着場、御上場《おあがりば》や隅田川組番番士の役宅である隅田川組番屋敷、千住一丁目にある鶴寄場《つるよせば》ともいわれる鶴田耕地から隅田川沿岸にかけて広がる、俗に鷹野と呼ぶ御鷹場もあり、鷹野一帯を見廻って野鳥の様子を監視し鷹狩りのときに近郊から勢子《せこ》を集めたりする御目見以下の御家人が任ぜられる役向きである鳥見役の役宅、鷹野鳥見屋敷などが点在している」

ことばを切った十蔵が、にやり、として英次郎に目を向け、話をつづけた。

「何せ将軍家がらみの一角だ。下手に出入りして見つかりでもしたら後々面倒なことになる。坊主なら、どこへ出入りしても疑われないからな」

「十蔵さんは、足抜きした食売女が鷹野や御上場にある小屋に隠れているかもしれないとおもってるんですね」

「そうだ。それと伊八、おまえは地蔵一家の様子を探ってくれ」

「地蔵一家の縄張りは千住加宿ですが」

「物には裏も表もある。今度の足抜き騒ぎでは、苅豆屋が仲立ちして『店頭の浅尾屋がうるさいことをいっている。隅田一家の顔も立て手当も払うから、今度は地蔵一家を動かさせてくれ』ぐらいのことはいっているかもしれない」

「そういうことがないとはいいきれません。これから探ってみやしょう」

「お倫、もう一度訊くが、足抜きした食売女たちの持ち物はあらためたのだな」

「苅豆屋と中里屋、瀬沢屋は遣り手婆、日原屋は女将に立ち会わせて、念入りにやりました。みんな申し合わせたように、持ち金すべてを入れた巾着と値の張りそうな簪《かんざし》と櫛《くし》だけを持って逃げています。腰巻きも、小袖も、安手の簪、櫛もそのまま残っていました」

「持ち金全部と値の張りそうな簪、櫛だけを持ち出したのか。着替えの一枚も持ち出していないとなると、行く先の目当てがついていたのかもしれないな」

「それじゃ足抜きする前にあらかじめ落ち着く先が決まっていたかもしれないということに。足抜きというより鞍替《くらが》えかもしれないね」

応えたお倫が話し終わるのを待って、伊八が声を上げた。

「鞍替えだとすると後ろで糸を引いている野郎がいるってことになりやすね」

にやり、として十蔵がいった。

「さすがに伊八親分だ。いい読みをしている」

「親分はやめてくだせえよ。いまは千住宿の自身番の大家代人ですぜ」

「千住宿では自身番も捕物の探索を手伝うことになっている。捕物にかかわるのは岡っ引きも大家代人も同じだろう。ところで鞍替えだとしたら陰で絵図を描いたものがいるはずだが」

「鞍替えする店を仲立ちする稼業というと、女衒《ぜげん》しかおりません。それとなく千住宿の食売旅籠に出入りしている女衒にあたってみやしょう」

「まず地蔵一家の動きを探ってくれ。女衒への聞き込みは、その後でいい」

「わかりやした。いまから地蔵一家へ向かいやす」

「私は苅豆屋へ出向く。お倫、ついてきてくれ」

「旦那と道行きできるのかい。なんだかわくわくするねえ」

艶然《えんぜん》とお倫が微笑んだ。

「出かけよう」

立ち上がった十蔵に、お倫が、英次郎が、伊八がつづいた。

無宿人

一

苅豆屋の帳場と戸襖《とぶすま》で仕切られた座敷に、十蔵と苅豆屋が向き合って座っている。

「店頭副役《たながしらそえやく》から私のやり方に不満を持っている食売旅籠《めしうりはたご》の主人たちがいると聞いたんでね。どこの誰が不満を持っているか教えてもらおうとおもってやってきたのさ」

話しかけた十蔵に苅豆屋が訊《き》いた。

「聞いてどうするんです」

「不満があれば抱えている食売女の数が法度で定められたとおりかどうか、あらためるつもりだ」

「法度で定められた数以上に抱えていたら、法度どおりにするよう命じる。そういうことですかい」

「そこのところは話し合った後のことだ。いまは、どうするとはいえないね。それより」

「それより、何ですかい」

「このところ無宿人が増えている。江戸御府内でも、ひったくりや盗み、たかりを働く無宿人たちが多くて困っているようだ。知っているだろうが無宿人は雇ってはいけないというお触れが出ている。食売旅籠、平旅籠、青物問屋などの御店《おたな》で無宿人を使っているところがあるとお咎《とが》めを受ける。ひとりでも不心得者がいて咎められると咎めは千住宿全部に及ぶ」

「そんなこと、店頭にいわれなくともわかってますよ」

「わかってりゃあいいんだ。くどいようだが、茢豆屋さんは無宿人を雇っていない。そういうことだね。無宿人を番頭や料理人として雇っている食売旅籠があるという噂《うわさ》を聞いたんでな」

「くどいね。少なくともうちでは無宿人は雇ってないよ」

「無宿人を雇っている食売旅籠に心当たりはないかい」

「ないね。それを調べるのが店頭の仕事じゃないのかい」

「たしかに、そのとおりだ」

「話のついでにいっとくがね。深川、本所入江町、根岸、谷中、赤坂、浅草の岡場所の店頭は、遊女たちの稼ぎ場でもある茶屋や局見世の面倒をよくみている。が、ここ千住宿は違う。食売旅籠や平旅籠ともども千住宿にある商いをやっている御店のすべてを分け隔てなく面倒をみている。なのに安堵代《あんど》は私ら食売旅籠が一番多く払っている。おかしな話だとはおもわねえかい」

「それは仕方がないことだ」

「仕方がないとは？」

「揉《も》め事《ごと》を起こしたときは、一件を見て見ぬふりをしてもらうために代官所や火盗改メなどへ、その都度、袖《そで》の下を渡して始末をつけている。それらの賄賂《わいろ》や付け届けの掛かりの八割近くが食売旅籠がらみの揉め事だ。安堵代の多少について文句をいいだしたら平旅籠ややっちゃ場がらみの青物問屋、他の御店から一文句も二文句も出てくるぜ」

「そういわれてもな。払ってる側からすりゃ、いろいろおさまりのつかないこともあらあな」

冷ややかに見据えて十蔵がいった。

「苅豆屋さん、店頭はそれぞれの土地の取り締まりをすべて引き受けている。喧嘩《けんか》、人殺し、火付け、盗み、売女、行き倒れの変死人の調べと骸《むくろ》の始末、無宿人の出入りの監視、捕縛など、ありとあらゆる揉め事を始末しているわけだ」

「そんなことはわかってるよ」

「苅豆屋さん、おまえさんがいっている店頭が茶屋や局見世などの面倒を中心にみている土地はすべて岡場所、いわば御構場所《おかまい》だ。ここは千住宿、奥州道、日光道の初駅だ。法度で定められた、宿場にあてがわれた食売女の人数を、きっちり守っていれば御構場所としては扱われない。抱える食売女の数を、こっそり増やす奴がいるから、御構場所と同じように扱われるんだ」

「そうはいってもよ。すっきりしないことが多すぎるぜ」

「不満があるなら私に直にいうんだな。聞く耳は持ってるぜ。店頭がいるのは江戸近郊の街道筋、藤沢宿や越ヶ谷《こしがや》宿あたりまでだ。よその宿場の店頭がどんな仕切りをしているか知らないが、私は私なりのやり方で店頭の仕事をやらせてもらう」

「わかってるよ。そのことは、よくわかってるさ」

「わかってくれたなら、それでいいんだ。で、足抜きした食売女のことだが、数も多いし、店頭配下の手も足りない。それぞれの店で追いかけてかまわないよ」

「そいつはありがたい。さっそく手配りさせてもらうぜ」

「ちょくちょく副役に顔を出させるから、足抜きした食売女の調べがどうなっているか話を聞かせておくれ」

「店頭さんに隠し事はしないよ」

「話はすんだ。引き上げさせてもらうよ」

戸障子のほうを向いて十蔵が二度手を打って、声を高めた。

「お倫、引き上げるぞ」

「帰り支度はできてますよ」

廊下側から声がかかり、近くに控えていたのか戸障子を開けて、お倫が顔をのぞかせた。

無言でうなずき、十蔵が立ち上がった。

茢豆屋を出た十蔵とお倫は本宿の街道筋を歩いている。

通りの両側に建ちならぶ食売旅籠の前には食売女たちが立って旅人や遊びにきた男たちに、

「あたいを買っておくれよ」

「夜明けまで楽しませてあげるよ」

と声をかけ、男の腕をとって自分の食売旅籠へ引っ張り込もうとしている。なかには、ふたりの食売女から両腕をとられて、ふりほどこうともがいている男もいた。

「千住宿は、食売女の善し悪しはともかく、安値で遊べておもしろい」

と江戸御府内から賃仕事の職人や行商人など、懐がさほど豊かでもない男たちややっちゃ場の人足たちが遊びにくる、下卑てはいるが、それなりに楽しめる場末の色里でもあった。

宵五つ（午後八時）近くだというのに、食売旅籠のつらなる一角の賑《にぎ》わいがとどまる様子はなかった。

肩をならべて歩きながら十蔵がお倫に話しかけた。

「茢豆屋の食売女は何人いた」

「客をとっていたり宴席に出ている食売女たちの数がはっきりしないけど、ざっと見積もって二十人以上はいるんじゃないのかね」

「二十人余か。茢豆屋に割り振った、抱えていい食売女の数より五、六人ほど多いな。足抜きしたふたりを入れたら、七、八人か」

「明日、もう一度茢豆屋に出かけて、食売女を何人抱えているか調べてこようか」

「それには及ぶまい。いま見かけたとおり、どこの食売旅籠でも抱えてよいと定められた食売女の数より余分に食売女を抱えていることはわかっている。これから、足抜きした食売女を食売旅籠それぞれが追いかけるについては勝手にやっていい、とつたえに行く砂倉屋、新田屋、中里屋、日原屋、瀬沢屋も定めにしたがって割り振った人数より多くの食売女を抱えているだろう」

「御上から、食売女の数が多いんじゃないのか、とお咎めを受けたらどうするのさ。早めに手を打ったほうがいいんじゃないのかい」

「いまのところは許される範囲だと私は判じている。ときどき、さりげなく食売女の数をあらためておけばいいだろう。代官所や道中奉行の役人には月々付け届けもしているし、不作で年貢を払うために身売りする娘が多くなる秋にも別口の賄賂、袖の下を渡せば、何とかなる」

「月々の付け届けや賄賂で役人を思うがままに扱える。世も末だね。あたしらみたいな町人は誰を頼りにすればいいんだい」

「そういうな。役人たちは微禄《びろく》で貧しい。袖の下をもらうのを楽しみにしている。付け届けや賄賂を日々のたつきの当てにしている役人がほとんどなのだ」

「武士は喰《く》わねど高楊枝というけど、そのとおりだね。お侍なんて見栄の塊みたいなもんだよ」

「その通りだ。英次郎なんて、その見本みたいなものだ。いまだに武士の気質が抜けていない。もう少し町人の暮らしに馴染《なじ》んで、町人たちとくだけた話ができるようになってくれればいいんだが」

「いや、真木さんはあれでいいのさ。あの人からお侍の気質が抜けてしまったら面白味がないよ。何でも四角四面に考える、生真面目《きまじめ》なところがいいのさ。あの融通の利かなさと一本気なところはお侍の気質がなくなったら消え失《う》せるんじゃないかと、あたしはそうおもってるんだよ」

「お倫が、英次郎をそう見立てているとは嬉《うれ》しいね。実は私も、英次郎には、いつまでも、いまのままでいてほしいとおもっているんだ。もっとも、もう少し柔らかくなって、多少でも融通が利くようになってくれると店頭としちゃ、ありがたいんだが、無い物ねだりかな」

「無い物ねだりだよ。覚然坊主みたいに柔らかすぎて融通が過ぎるのも困りものだよ。つかみ所がなくて、いつも腹を探らなきゃいけない。あたしゃ真木さんには、旦那《だんな》ぐらいの年になっても、いまのままでいてほしいと願っているんだ」

「願っているとは、大仰な言い様だな」

「ところで真木さんが覚然坊主と話をしている頃合いだね。覚然坊主の口車に乗らないように話がすすめられるか、あたしゃ心配だよ」

「心配するには及ばないさ。あれでも覚然さんと英次郎は、どういうわけか気が合っているのだ。話が弾んでいるはずだよ。それより、お倫」

ちらり、と十蔵が悪戯《いたずら》っぽい眼差《まなざ》しをお倫に向けた。

「何だよ、人をからかうようなみょうな目つきをしてさ」

口を尖らせたお倫に十蔵がことさらに真顔をつくっていった。

「やけに英次郎の肩を持つじゃないか。惚《ほ》れたのか」

睨《ね》め付けてお倫が応じた。

「何いってんだよ。真木さんにはお澄さんという恋女房がいるじゃないか。あたしが惚れてるのは旦那だけだよ。そのことは、旦那だって、よくわかってるだろう。旦那に本気で惚れてるんだ。親子ほど年が離れているなんて、ちっとも気にならないよ。そんなことというんなら、今夜、必ず夜這《よば》いをかけるからね」

「そいつは勘弁してくれ。昨日は酒合戦の立ち会いでほとんど寝ていない。いまでも目がふさがりそうなくらいだ」

「もう、ああいったらこういう。まったく旦那にはかなわないよ。きっと夜這いをかけるからね」

「好きにしな。ただし、おれは年寄りだ。ぐっすり眠っていて、何をされても気づかないかもしれないよ」

「好きにさせてもらうよ」

ふん、とそっぽを向いたお倫に十蔵が声をかけた。

「じきに砂倉屋だ。抱えている食売女の人数、できるかぎり見届けて、当たりをつけてくれ。くれぐれも食売女の人数を調べていることを気づかれないようにな」

「お倫さんに抜かりはないよ。まかせといておくれ」

得意げにお倫が胸を反らした。

二

その頃……。

河原町稲荷《いなり》の境内のはずれに建つ、どう見ても掘っ立て小屋としか見えない覚然の庵《いおり》の板敷の間で、敷物がわりの茣蓙《ござ》に座った覚然と英次郎が胡座《あぐら》をかいて向き合っていた。

貧乏徳利を手にした覚然が手酌で湯呑《ゆの》みに酒を注いだ。

口に運び、一気に飲み干す。

「うまい。英次郎がもってきた酒は、実にうまい」

持ったままの貧乏徳利を掲げて、覚然がことばを重ねた。

「惜しむらくは、貧乏徳利を一本しか持ってこなかったことだ。これから、わしのところに顔を出すときは、少なくとも貧乏徳利二本、できれば酒二升は持ってこないといかん。貧乏徳利一本だけだと、どうにも物足りない。酔っているような酔っていないような、みょうに半端な気分で何かと困るのだ」

笑みをたたえて英次郎が応じた。

「これからは、手みやげに貧乏徳利を二本、持ってくるようにします」

貧乏徳利を置き、覚然が頭をかいた。

「どうもいかん。修行が足らぬのだな。しらふの時から酒に呑まれている。ついついおねだりをしてしまう。我ながら情けない。貧しい暮らしは我慢できるが、酒は呑まずにはいられない。生まれながらに酒が好きなのだな。これは病だ。酒呑み病というやつだな」

「ただの酒好きではない。酒呑み病だ、といいながら大酒を喰《く》らう。私は、そんな覚然さんが好きです。第一、どんなに酔っていても、覚然さんは話したなかみは覚えていらっしゃる。私には、それが不思議でならない」

「全部が全部、覚えているわけではない。世の中には忘れたほうがいいこともある。しょせん、この世は夢のつながりだ。過去のことは、おもわず笑みを浮かべたくなるほど楽しい出来事でも、いま、この瞬間には、わしのこの手でつかむことは絶対にできぬ。思い出という名の、絵空事に等しいものに成り変わっているのだ。酒は、わしを、そんな夢の世界に連れていってくれる案内人みたいなものなのだ」

「店頭がいっていました。私は覚然さんの昔のことを、まったく知らぬ。が、それでいいのだ。いまの覚然さんは、決して真面目な坊さんとはいえぬが、いい男だ。いろんな意味での覚悟ができているような気がする、と」

「悟りを覚えると書いて覚悟と読む。もっとも、わしの覚悟は悟りとは縁遠い、独りよがりなものかもしれぬが、それはそれでいいのだ。いまのわしには、それしかわからぬのだからな」

再び覚然が湯呑みの酒を飲み干した。

顔を英次郎に向けて、覚然がことばを重ねた。

「明日、わしは隅田川組番の差配する将軍家の船着場である御上場《おあがりば》、御船蔵、道具蔵、組番屋敷などが点在する一帯を見廻《みまわ》る。時に余裕があれば鳥見役の役宅の、鷹野《たかの》鳥見屋敷、鶴田《つるた》耕地とも言われる鶴寄場、千住一丁目の外れに広がる御鷹場、狩猟道具を納めた道具小屋まで足を伸ばす。足抜きした食売女にかかわる手がかりを探すためにな。いまのところ、浅尾屋さんが、わしに頼みたいことは、それだけだな」

「そうです」

再び貧乏徳利から湯呑みに酒を注《つ》いだ覚然が、耳元に貧乏徳利を近づけ、数度、揺すった。

「残りわずかだ。どうもいかぬ」

貧乏徳利を置いた覚然が、英次郎の前に置かれた、酒が満たされたままの湯呑みに目を向けた。

「ほとんど呑んでおらぬな」

「私は、酒は嗜《たしな》むていどで、あまり強くありません。付き合いが悪くて申し訳ありませぬ」

小さく頭を下げた英次郎に覚然がいった。

「かまわぬ。その湯呑みの酒、呑まずに残しておけ」

「は？」

「英次郎が帰ったら、わしが呑むのだ」

「それでは、残しておきます」

「それでいい。なかなか殊勝な心がけだ。もう話は済んだ。早く帰れ。恋女房のお澄さんが、首を長くして待っているぞ」

「お勤めの成り行き次第で遅くなることは承知しております。お澄は、そのあたりのことは弁《わきま》えている女です」

「こいつ、ぬけぬけと惚気《のろけ》おって。早く帰れ。わしは、これから残りの酒を一気に飲み干して、夢のなかへ潜り込むのだ。これ以上、わしの楽しみの邪魔をするな。早く帰るのだ」

追い立てるように、下から上へと覚然が手を振った。

「わかりました。それでは、おことばに甘えて引き上げます」

脇に置いた大刀を英次郎が手にとった。

脇本陣浅尾屋へ向かって英次郎が歩を運んでいく。

不意に、その足が止まった。

行く手に、やってくる数人の、遊び人風の男たちの姿があった。

腰に一本の長脇差を帯びている。

千住本宿では、あまり見かけぬ顔、加宿を縄張りとする地蔵一家の子分たちであった。

英次郎が、首を傾《かし》げる。

遊びにきたにしては、子分たちに浮かれた様子はなかった。

凝然と見つめる英次郎に気づいたのか、やくざ風の男たちが、あわてて目をそむけた。

ちらり、と顔を見合わせた子分たちが英次郎に気づかぬ風を装って歩きだした。

英次郎をやり過ごして、千住大橋へ向かってすすんでいく。

子分たちには、酒を呑んだ様子はなかった。

何か用があって、本宿へ足を踏み入れたのだ。そう判じた英次郎は、さらに首を傾げた。

子分たちのなかに見知らぬ顔があったからだ。

（無宿人かもしれぬ）

このところ無宿人の数が増えている。江戸に入ると南、北両町奉行所の取り締まりの目が厳しい。

そのせいか千住宿にとどまり、江戸府内で無宿人狩りが頻繁に行われているかどうか様子を探る無宿人が多数いた。

「無宿人のなかには真面目に働こうとしている者もいる。そのほとんどが重い年貢の手酷《てひど》い取り立てに耐えかねて、着の身着のままで、それこそ命からがら逃散《ちょうさん》してきた者たちだ。しかし、なかには捨て鉢になってやくざや無法者になる者もいる。堅気で暮らしたいのかどうか見極めてから捕らえるかどうか決める。無宿人の扱いは、なかなかむずかしい」

と珍しく生真面目な顔つきでいった十蔵のことばを英次郎はおもいだしていた。

歩き去る地蔵一家の子分たちを、しばし見送った英次郎は、向き直って足を踏み出した。

小半刻《こはんとき》（三十分）ほど後、英次郎はお澄と向かい合って座っていた。ふたりの前には菜三皿と、香の物に汁椀《しるわん》、御飯が載せられた箱膳《はこぜん》が置いてある。

「焼き魚に煮物に和《あ》え物、菜が三皿か。今夜はご馳走《ちそう》だな」

「給金が出たのです。たまには、こんな贅沢《ぜいたく》もいいでしょう」

「すまぬな。帰りがいつになるかわからぬ務めに就いている身だ。夕餉《ゆうげ》は先に食べていいのだぞ」

「ご飯だけはできるだけ一緒に食べたいの。それに、昨日は酒合戦に立ち会う浅尾屋さんに付き添っていて、あなたは住まいに帰ってこられなかったし」

「浅尾屋さんは、しきりに気にしておられた。酒合戦の立会人を引き受けた私はともかく、付き添いの英次郎まで、こんなことに付き合うことはない、帰っていいぞ、といわれたのだが、世話になりつづけている手前、帰るわけにはいかなくてな」

「わかっています。一年前、浅尾屋さんは駆け落ちしてきたあたしたちを、何もいわずに快く受け入れてくださった。帰ってもいいといわれたから帰ってきた、といってあなたがここにもどってきたら、あたしが酒合戦の場に追い返しています」

「そうか。お澄の気持ち、ありがたくおもうぞ」

「それより早く食べましょう。せっかく温めたのに吸い物が冷めてしまう」

笑みをたたえてお澄がいった。

「そうだな」

笑みを返して、英次郎が箸《はし》を手にとる。お澄も箸に手をのばした。


地蔵一家は小塚原町にあった。伊八は地蔵一家の出入りを見張ることができる町屋の陰に身を潜めている。

少し前に子分数人が千住大橋のほうから帰ってきた。子分たちのなかに見覚えのない者が混じっている。

このところ、無宿人が江戸に流れ込んでいる。奥州道、日光道を上がってくる旅人の、江戸への入り口ともいうべき千住宿にも無宿人たちが多数入り込んでいる。いずれ代官所から無宿人狩りをするように指図がある。そう伊八は見立てていた。

店頭の十蔵は、無宿人狩りには乗り気ではなかった。

「できるだけ自分から千住宿を出ていくように仕向けるのだ。捕らえたら、それなりの裁きをつけねばならぬ。無宿人になるには、それなりのわけがあるはず。追い詰め過ぎたら、窮鼠猫《きゆうそ》を嚙《か》むような事態に陥る。揉め事はできるだけ避けることだ」

そのとおりだと、伊八はおもっている。

地回りのやくざ一家に無宿人が転がり込む。よくある話だが、厄介のもとになりかねないことだった。おもわず伊八は、小さく舌を鳴らしていた。

が、次の瞬間……。

伊八の顔に緊張が走った。

じっと見つめる。

表戸を開けて地蔵一家の親分万吉《まんきち》が五人の子分を引き連れて出てきた。虫の居所が悪いのか顔が引きつっている。万吉も子分たちも腰に長脇差を帯びていた。

千住大橋へ向かって地蔵の万吉たちが歩いていく。

町屋の陰から通りへ出てきた伊八が、万吉たちを見え隠れにつけ始めた。

すでに夜四つ（午後十時）は過ぎている。さっきまで、あちこちの食売旅籠から聞こえてきた三味線や太鼓の音は、ぶつりと鳴りやんで、あたりは夜のしじまに包まれていた。

食売旅籠の泊まり客は馴染みの食売女目当てに遊びにきた者がほとんどである。夜四つどころか日をまたぐ深更九つ（午前零時）を過ぎても、騒ぎたい客が多かった。しかし、千住宿は宿駅である。平旅籠に泊まる旅人たちのなかには早立ちする者も少なからずいた。そんな旅人の眠りを妨げぬために、夜四つで、三味線に鉦《かね》や太鼓など音の出るものを使うことはまかりならぬ、との触れが出ていた。

荊豆屋の表には、客がつかなかった食売女がひとり、遊び足りずに通りをぶらついている酔っぱらいを捕まえようと、あちこちに目を走らせている。

荊豆屋の前だけではない。他の食売旅籠の前にも、客にあぶれた食売女が客を捕まえようと目を皿のようにして、あたりを見渡していた。

荊豆屋に入っていった地蔵の万吉と子分たちが出てくるのを待って、伊八は荊豆屋の表を望むことができる町屋の陰に張り込んでいる。

すでに半刻（一時間）近く過ぎていた。

突然、店の前で客待ちしていた食売女が、あわてて店の脇に身を移した。

伊八が目を見張る。

なかから地蔵の万吉が、つづいて子分たちが出てきた。

立ち止まった万吉が、荊豆屋を振り向いて、唾《つば》を吐いた。腹立たしげに店を睨《にら》みつけ、歩きだす。万吉の、あまりの剣幕に首をすくめ、一瞬、顔を見合わせた子分たちが万吉の後を追った。

間をおいて町屋の陰から通りへ出てきた伊八が、万吉ら地蔵一家をつけ始めた。

三

血相を変えた文吉が脇本陣浅尾屋に駆け込んでいく。

ほどなくして英次郎が文吉とともに浅尾屋から飛び出していった。つづいて出てきた十蔵がゆったりとした足取りでついていく。

十蔵は腰に大刀一本を帯びていた。

千住大橋の新宿側の渡り口の手前の通りから千住大橋の上まで、青物を山積みした大八車が列をなしている。

大八車を牽《ひ》いていた人足たちは諦《あきら》め顔で橋板に座り込んでいた。

加宿への渡り口には腰に長脇差を帯びた地蔵一家の子分たちが、横一列にならんで橋を渡ることができないように行く手を遮っている。

それらの地蔵一家の子分たちと睨み合って、長脇差を差した隅田一家の子分たちが身構えていた。

それぞれの子分たちの後ろには、左右に兄貴格をしたがえた地蔵の万吉と隅田一家の親分為造《ためぞう》が凄《すご》みを利かせて立っている。

まさに一触即発の緊迫がその場にあった。

突然……。

「何をしやがる」

「てめえ、ただじゃおかねえ」

ほとんど同時に声が上がった。

地蔵一家と隅田一家のやくざたちが一斉に振り返る。

怯《おび》えた隅田の為造の頬《ほお》に背後から大刀の刃が当てられていた。大刀の峰は為造の肩に置かれている。

大刀を手に為造の背後に立っているのは英次郎であった。

「千住宿店頭副役が出張ったのだ。これ以上の無法は許さぬ」

「おれは隅田の為造だ。売られた喧嘩、買わなきゃ男がすたる」

「売られた喧嘩だと」

鋭く見据えて、英次郎がことばを重ねた。

「地蔵の親分、喧嘩を売ったのか」

一歩前に出て、万吉が応《こた》えた。

「渡世の上で恥をかかされた。二枚舌を使われたんだ。勘弁できねえ」

「二枚舌なんか使った覚えはねえ。頼み人の都合だ」

怒鳴り返した為造の頬にさらにぴたりと刀身を押しつけ、英次郎が告げた。

「喧嘩のわけなど、どうでもいい。やっちゃ場の荷を運ぶ邪魔をするな。喧嘩はやめろ」

「できねえ。ここは喧嘩場だ。引っ込んでいろ」

わめいた万吉に英次郎が応じた。

「引っ込むわけにはいかぬ。腕ずくで大八車を通す」

「てめえ」

横目で為造が睨みつけた瞬間……。

頰に当てていた大刀を振り上げるや英次郎が為造の肩に峰打ちの一撃をくれていた。目にも止まらぬ迅速の業であった。

大きく呻《うめ》いて為造がその場に崩れ落ちる。

「このままでは片手落ち。喧嘩両成敗だ」

声を上げた英次郎が大刀を高々と掲げながら一跳びした。

気圧《けお》された子分たちが左右に後退る。

刹那《せつな》……。

虚をつかれ、棒立ちとなった万吉の肩に大刀の峰打ちが炸裂《さくれつ》していた。

低く呻いて、万吉が倒れ込む。

大刀を下げ持った英次郎が、ぐるりに目を走らせて告げた。

「万吉も為造も峰打ちだ。親分を抱えて、双方とも引き上げるのだ。去らねば容赦はせぬ」

英次郎が大刀の峰を返した。

身をすくめた子分たちが、双方の親分のところへ駆け寄った。

片膝《かたひざ》をついて左右から抱きかかえる。

それぞれが立ち上がったとき、声がかかった。

「まだ引き上げさせるわけにはいかない。橋の左端に寄れ」

声のしたほうを英次郎や子分たちが振り返った。

先頭の大八車の脇から十蔵が現れた。文吉がつづいた。

「店頭の浅尾屋だ。まず荷を積んだ大八車を通す」

背後を振り向いた十蔵が、それぞれ親分を抱えた双方の子分たちが身を寄せた側の欄干のそばに身を移し、ことばを重ねた。

「通りな。つまらないことで時を無駄にした。お得意さんがお待ちかねだ」

一歩前に出て文吉がいった。

「口入れ稼業の橋戸屋《はしどや》の身内、軽子《かるこ》手配の文吉だ。急いでくんな」

手を挙げて文吉が手を振った。行け、という意味を込めた所作だった。

「ご苦労さんでございます」

「急ぎに急いで、できるだけ早く届けやす」

うなずいた人足たちが口々にいい、大八車を牽きはじめた。

大八車が数珠つなぎに動いて行く。

顔を文吉に向けて、十蔵がいった。

「ご苦労だったな、文吉。知らせてくれてありがとうよ」

「荷が届けられなかったら、千住のやっちゃ場の面子《メンツ》にかかわること、当たり前のことでさ。それじゃ、あっしはこれで」

頭を下げた文吉に十蔵が微笑《ほほえ》みで応えた。

背中を向けて歩き去る文吉から目をそらし、十蔵が英次郎や隅田一家と地蔵一家に声をかけた。

「副役、隅田一家と地蔵一家の代貸《だいがし》を問屋会所へ連れていく。いろいろと訊きたいことがあるんでな」

「承知しました」

うなずいた英次郎が子分たちに声をかけた。

「隅田一家と地蔵一家の代貸は私と一緒にくるんだ。しのごのいったら腕ずくでも連れていくぞ」

隅田一家と地蔵一家のなかから、それぞれひとりが前に出てきた。ふたりとも凄みのある、すさんだ目つきの、いかにも悪そうな顔をしている。

「他の子分たちは、それぞれの一家に引き上げて気絶したままの親分を介抱してやるんだ。わかったな」

声をかけた十蔵に、

「引き上げさせてもらいやす」

「御免なすって」

相次いで子分たちが応じ、それぞれの親分の万吉と為造を抱き抱えて、たがいに背中を向け合って歩き去っていく。

見届けた十蔵が踵《きびす》を返して歩き出した。

「行くんだ」

顎をしゃくった英次郎にうながされ、隅田一家と地蔵一家の代貸たちが足を踏み出す。代貸たちを追い立てるように英次郎がつづいた。

千住大橋の、十蔵がいた方とは反対側の欄干のそばに立ち、すすんでいく大八車ごしに遠ざかる十蔵や英次郎たちを見つめる女がひとりいた。

お倫だった。

眉《まゆ》をひそめたお倫が万吉を左右から抱え上げ小塚原町へ引き上げる地蔵一家の子分たちを見やり、為造を両脇から抱えた隅田一家の子分たちに目を移す。

隅田一家の子分たちに剣呑《けんのん》な様子は見えなかった。おとなしく一家へもどる気でいるのだろう。

先を行く英次郎たちと間を置いて、隅田一家の子分たちが歩き出した。

そんな子分たちを、お倫が見え隠れにつけていく。

四

脇本陣浅尾屋の土間からつづく、旅人が足をすすぐときに腰を下ろす板敷の脇にある座敷で、お澄は帳面をつけている。帳場机の両脇には束ねた書付が積み重ねられていた。

気がかりなことがあるのか、溜息《ためいき》をついたお澄が表戸のほうへ目を向けた。ぼんやりと眺めている。

ややあって、さらに大きく溜息をついたお澄が算盤《そろばん》を引き寄せた。玉を弾《はじ》く。

算盤のそばに置いた、開いたままの帳面に向かい、お澄が筆を手にとり、取引の金高を書き込んだ。

「お澄さん」

かけられた声に顔を上げたお澄が微笑みを浮かべた。

「お倫さん」

座敷の開け放した戸襖の端から顔を出したお倫が、笑みをたたえていった。

「騒ぎはおさまったよ。あたしが、この目で見届けてきたんだ。お澄さんのいい人、見事な捌《さば》きぶりだったよ。もちろん、無傷さ。安心しな」

一瞬、お澄が安堵の表情を浮かべた。

「心配していたんだね、お澄さん」

あわててお倫から目をそらし、お澄が応じた。

「心配なんかしていません。あたし、あの人を信じています。決して、あたしをひとりぼっちにするようなことはしないと信じています」

自分に言い聞かせているようなお澄のことばだった。

おもわず笑みを浮かべたお倫が揶揄《やゆ》するようにいった。

「ご馳走さま。お澄さんとあの人が、よすぎるほど仲がいいのは、よくわかりました。ああ、熱い熱い」

指でつまんだ袖を持ち上げたお倫が、袖を団扇《うちわ》がわりに顔の近くで振ってみせた。

「お倫さんたら、もう、そんなんじゃありません」

照れくさそうにお澄がうつむいた。

「顔が紅《あか》いよ。熱でもあるのかい」

「お倫さん。堪忍してくださいな」

胸の前で手を合わせたお澄に、

「泣かれちゃ困るから、これまでにしとくよ。それじゃ、あたしは問屋場《といやば》へ向かうからね。お澄さんのいい人に、何かつたえることがあるかい」

「くれぐれも気をつけて、とそれだけを」

「わかったよ。ほんとに、いつでも真木さんのことが心配なんだね。ちゃんとつたえておくよ」

「お願いします」

「あいよ。ついでに、早く帰ってきて、といっていたともね」

「お倫さん、ほんとにもう」

拗ねたように睨め付けたお澄に笑いかけ、お倫が背中を向けた。

そんなお倫を、お澄が親しみをこめた眼差しで見送っている。

問屋会所の店頭の詰所として使われている座敷で、英次郎と隅田一家の代貸金十郎《きんじゅうろう》、地蔵一家の代貸助七《すけしち》が向かい合って座っていた。

「まだ頼み主の名をいう気にならぬか」

問いかけた英次郎に金十郎が応えた。

「さっきから頼み主の名をいえとしつこく訊かれますが、千住大橋で睨み合っていたのはやむにやまれぬ渡世の意地というやつでして、誰から頼まれたわけでもありやせん。そうだろう、助七」

そっぽを向いて助七が吐き捨てた。

「金十郎、呼び捨てで話しかけられるほど、おめえとは親しい仲じゃねえぜ。もとはといやあ、おめえのほうが動けねえというんで地蔵一家が渋々乗り出してやったんじゃねえか」

「見え透いたことをいうんじゃねえよ。渋々乗り出したわけじゃねえだろう。あわよくば隅田一家の金蔓《かねづる》を横取りしようと二つ返事でひきうけたんじゃねえか」

「何だと、聞き捨てならねえな。いつ地蔵一家が隅田一家の金蔓にちょっかいをかけたというんでえ」

「いわしておけば、いいたいことといいやがって勘弁できねえ」

「喧嘩なら、いつでも買うぜ」

ふたりが睨み合ったとき、英次郎が口をはさんだ。

「その隅田一家の金蔓とやらは、どこの誰なんだ。頼み主は、その金蔓なんだろう」

たがいにそっぽを向いたまま助七が応えた。

「副役さん、これ以上、話すことはねえよ。そろそろ引き上げさせてもらいてえな」

つづけて金十郎がいった。

「あっしも同じでさ。もう口は利きませんぜ」

ふたりを見つめて英次郎が告げた。

「そうか。なら仕方がないな。頼み主の名を白状するまで、この部屋から一歩も出すわけにはいかない。用ができたときには、悪いが、ふたりを裏庭の立木に縛りつけていくつもりだ。外に置いておけば、尿意を催して垂れ流しても、水で洗い流せばきれいになる」

「脅したって駄目ですぜ」

「裏庭の立木に縛りつけてくだせえ。顔見知りの人足の誰かが助けてくれやすぜ」

「誰がおまえたちを助けたか、すぐにわかるさ。万が一、逃がした奴がいたら、それこそ問屋場の決まりにしたがって厳しく処断されることになる。問屋場から咎められたとなると千住宿ではどこも雇ってくれないかもしれない。飯の食い上げになるかもしれないことをやる奴がいるとはおもえないね」

見据えた英次郎に、

「何といわれても頼み主の名はいえねえ」

「こうなりゃ根比べだ」

ほとんど同時に金十郎と助七が声を上げた。

「根比べなら、負けぬぞ」

顔色ひとつ変えずに英次郎が告げた。


戸襖一枚隔てた隣りの座敷で十蔵と伊八が顔を突き合わせるようにして座っていた。

「伊八、聞いてのとおりだ。ふたりとも口を割らないつもりらしい」

「あっしが話をしましょう。昨夜、見廻りをしていたとき、子分を引き連れた地蔵一家の親分が莇豆屋から出てくるのを見ました。何かあったらしく、たいそうな剣幕でしたぜ。莇豆屋は隅田一家に揉め事の始末を頼んでいる食売旅籠。地蔵一家の万吉親分が出入りしたには、それなりのわけがあるはずだ、と問い詰めてみやしょうか」

「その手を使うのは、いまのところ、やめておこう。じっくりと根比べをするさ」

「時がかかりますぜ」

「代貸たちを問屋場に足止めしている間は、地蔵一家も隅田一家も動くことはないだろう。親分ふたりを手酷く扱っている。子分たちは、騒ぎを起こしたら店頭から容赦のない扱いを受けるに違いない、と考えているはずだ」

「おそらく、旦那の読み通りだとおもいやす」

「昨夜、深更に伊八から地蔵の万吉が莇豆屋へ出かけ、腹立たしげに引き上げていったという知らせを受けたときには、まさか地蔵一家が千住大橋の江戸御府内側の渡り口を塞《ふさ》ぐように横にならんで、誰一人通さぬようにするとはおもわなかった。隅田一家は、おそらく莇豆屋から、地蔵の万吉が立腹して引き上げていった、何かやらかすかもしれない、と聞いていたのかもしれない。でなきゃ、ああいう形で睨み合うことはない」

「ひょっとしたら、隅田の為造は、話をつけるべく、先手を打って地蔵一家に出向くところだったのかもしれやせんね。そしたら、やってくる地蔵一家と千住大橋の江戸寄りの渡り口で出くわした」

「多分な。伊八、莇豆屋や足抜きした食売女がいた食売旅籠へ出入りしている女衒《ぜげん》たちについて、いまから調べにかかってくれ」

「わかりやした。すぐとりかかりやす」

「脇本陣浅尾屋に寄って、お道に、自身番に詰めて、つなぎ役として動いてくれと私がいっていたとつたえてくれ」

「それは、お道さんに申し訳ねえ。番太郎たちでやりくりしますよ」

「あまり時をかけたくないんだ。番太郎たちにも女衒たちのことを調べさせてくれ」

「わかりやした。それじゃ、あっしは出かけやす」

身軽な仕草で立ち上がった伊八が座敷から出ていくのを見届けて、十蔵が立ち上がった。

「どれ、ひとつ、代貸たちに罠《わな》を仕掛けるか」

歩み寄った十蔵が戸襖を開け、声をかけた。

「金十郎、助七、おまえたちの頼み主がどこの誰か、わかったよ」

顔を向けた金十郎と助七がほとんど同時に声を上げた。

「はったりだ」

「下手な駆け引きは止しにしやしょうや」

ふたりを見やって十蔵が応じた。

「昨夜、地蔵の万吉親分が苅豆屋さんから出てくるのを見かけた人がいてね。万吉親分はかなりご立腹な様子だったといっていたよ。それで苅豆屋さんに人を走らせて、事情を訊いてみたら、いろいろと都合があって、まず足抜きした食売女の行方探しを地蔵一家に頼んだんだが、私の許しが出たので足抜きした食売女の追いかけを、馴染《なじ》みの隅田一家にも頼んだ、といっていたそうだ」

そこでことばを切って十蔵がふたりをじっと見つめた。

「頼み主は苅豆屋さんなんだろう。何ならこれから一緒に苅豆屋さんへ出かけて話し合うかい。どうするね」

ふたりがおもわず顔を見合わせた。

「行くには及びません。あっしの頼み主は苅豆屋さんで」

と、金十郎がいい、

「そこまでわかっているのなら隠しても仕様がない。正直に申し上げやす。地蔵一家の頼み主も苅豆屋さんです」

と助七が声を上げた。

「やっと白状したね。そのことを書付にしてもらおうか。後々、いったいわないで厄介なことになるのは御免だからね」

笑みをたたえて十蔵が告げた。

「書き終えたら、引き上げていいぞ」

わきから英次郎が口をはさんだ。

五

その頃、覚然は千住大橋の下、新宿の外れの隅田川べりにいた。

御上場のそばに五艘《そう》の舟が係留されている。御上場の川岸の手入れや荷運び、見廻りなどに漕ぎ出す以外は繋《つな》がれたままになっている舟であった。

のんびりした足取りで覚然が歩を運んでいく。散策でもしているような覚然の様子だった。

が、覚然の目は手がかりになりそうなものを求めて、何一つ見逃すまいとぐるりに注がれている。

土手の草が生えていないところがあった。

近寄った覚然が膝を折って、草と土の境目を見つめた。人の頭より少し大きいほどの石が埋まっていたのか、土が窪んでいる。石を無理矢理動かしてずらしたのか、川べりへ向かって石の幅ほどのかぎりで草が折れ曲がり潰《つぶ》れていた。

地滑りでも起きたのか。そうおもったが、次の瞬間、覚然はその考えを強く打ち消した。

ここ数日、雨が降ったことはない。嵐《あらし》なみの雨風にあっても、わずかでも土中に埋まっている石がずれて滑り落ち、転がるはずはない、と判じたのだった。

折れ曲がった草を指で触れながら覚然は膝を折ったまま、少しずつ動いていく。

水際まで折れ曲がった草は連なっていた。

うむ、と覚然が首を捻った瞬間、声がかかった。

「何をしている。ここは上様の御上場内だぞ」

咎める口調に覚然が振り向いた。

次の瞬間、意外なことに覚然の顔に笑みが浮いた。

「鈴木《すずき》さんか。いかめしい声で呼びかけられて驚いたよ」

話しかけてきた覚然に応えようともせず、鈴木は耳元で軽く握った拳《こぶし》を振りながら、何かを聞き取ろうとしている。

手を止めて、掌を開いた鈴木が苦い顔をした。

「四六の丁か。二つの骰子《さいころ》が触れあう響きで、おれは一四の半だと判じたのだが。なかなかむずかしい」

立ち上がって覚然が話しかけた。

「何をぼそぼそいってるんだ」

顔を向けて、鈴木が首を捻った。

「隅田川組番番士鈴木与五郎《よごろう》、旗本とはいえ微禄の身、つねに懐が寂しい。丁半博奕《ばくち》をやって小遣い稼ぎをしようとおもって勝負をするのだが、なかなか上手《うま》くいかぬ。壺振《つぼふ》りが振る壺のなかでぶつかりあう骰子の響きを聞き分けることができれば、勝てるのではないかとおもって、暇をみつけては修練しているのだ」

歩み寄った鈴木が覚然に顔を近づけた。

口の臭《にお》いを嗅《か》ぐ。

しげしげと覚然を見つめて鈴木がいった。

「酒の臭いがせぬ。酒好きの覚然さんが酒を呑んでいない。まもなく大雨が降り出すのではないか。いや、嵐がくるかもしれぬな」

にやり、として覚然が応えた。

「大の博奕好きの鈴木さんでも博奕をやらない日がある。愚僧も、たまには酒を呑まぬこともあるのだ。第一、時には酒を抜かぬと躰に悪い」

「躰に悪いがきいて呆れる。おれの博奕は半ば切羽詰まったものだが、覚然さんの酒は、呑まれるために呑んでいる酒だ」

「人のことをいえた義理か。愚僧には丁半博奕という病にとりつかれているようにおもえるぞ」

「旗本はもちろん武士なんてものは、先祖代々受け継いできた家禄をつなぎにつないで日々のたつきの糧にしている。微禄の旗本の家を継いだ代々の当主は、細く短い縄の結び目みたいなものだ。おれもその結び目のひとつでな。無事に次の結び目になる者に細縄をつながねばならぬのだ。結び目のおれは、ただそれだけのために生きている」

「仕方なかろう。それが厭《いや》なら旗本をやめるしかない」

「おれにはその気はない。旗本をやめたら何かと困るではないか」

「たしかに」

「おれが丁半博奕をやるのは、すぐに勝負がつくからだ。だらだらと命尽きるまで細縄の結び目となって生きていく身だ。何事についても、見猿聞か猿言わ猿の三猿を決め込んで、つつがなく生きていく。そんな暮らしがうっとうしくてな」

「だから博奕をやるのか」

「そうだ。博奕をやると、みょうにすっきりする。勝っても負けてもな。覚然坊主の酒と似たようなものだ」

「勝手に人の気持ちを決めつけるな。愚僧の酒好きに理由はない。ただ酒が好きだから呑むのだ。鈴木さんも屁理屈《へりくつ》をいわずに、ただの博奕好きだといったらどうだ。愚僧には、ただの博奕好きだと認めたくないために、ぐちゃぐちゃと逃げ口上をならべ立てているような気がするぞ」

「口の減らない坊主だ。面倒くさいから、そういうことにしておいてやる。ところで、ここで何をしていたのだ」

それまでとは打って変わった厳《いかめ》しい鈴木の物言いだった。

「石でもあったのか、ここだけ草が生えていない。それに、なぜか水際まで、生えていた草が折れ曲がっている。力まかせにずらした石を、水際まで転がしたとしかおもえぬ」

それまでと変わらぬ口調で覚然が応じた。

鈴木が応じた。

「覚然さんの見立てどおりだ。そこには石が埋まっていた。人の頭より少し大きめの石がな」

「誰かが動かしたのか」

にやり、として鈴木が覚然の鼻先に手を近づけた。

「昨日、博奕で有り金を使い切ってしまってな。金が欲しいのだ」

「金を渡さねば見聞きしたことを喋《しゃべ》れぬというのか」

「覚然さんは浅尾屋と深い付き合いをしているな。店頭をやっている浅尾屋なら、おれの話に金を払ってくれるのではないかとおもってな」

「石を誰かが動かしたのだな」

「さあ、それはどうかな。石に足が生えて歩いていったのかもしれぬぞ」

惚《とぼ》けた顔をして鈴木が上目遣いで覚然を見やった。

「わかった。そういうことなら、いまから問屋会所へ行こう。この刻限なら、浅尾屋さんは問屋会所か問屋場にいるはずだ。留守でも行く先の見当はつくはずだ」

「今日は非番でな。隅田川組番屋敷を留守にしても誰も文句はいわぬ。さっそく出かけよう」

覚然の応えも待たずに鈴木が背中を向け歩きだした。

小半刻後、問屋会所の店頭にあてがわれた部屋で十蔵と鈴木、覚然が向かい合って座っていた。十蔵の脇に英次郎が控えている。

畳に一両を載せた懐紙が置いてある。

顔を向けて十蔵が告げた。

「鈴木さんが売りたい勝手に動いた石にかかわる話、一両で買いましょう」

「石は川のなかに沈んでいる。石を探してみたらどうだ。面白いことになるかもしれぬぞ」

手をのばして懐紙ごと一両をつかんで鈴木が懐に入れた。

「おれが口に出せることは、これだけだ。後は浅尾屋の、店頭の役目、おれが関知することではない」

「他にも話があるようですな。いかほど金を積めば口が滑るようになりますかな」

問いかけた十蔵に、

「おれにも浮世の義理というやつがあってな。いろいろと、気遣いせねばならぬのだ。悪くおもわんでくれ」

片手拝みをした鈴木が大刀を手にして立ち上がった。

見上げて十蔵が話しかけた。

「博奕を打つのは橋戸屋の賭場《とば》だけにしてくださいな。隅田一家や地蔵一家の賭場は大きな金が動く分、さまざまな手口で仕掛けてくるという噂がありますよ」

「そのことは身に染みるほどわかっているよ。口入れ屋の橋戸屋の賭場は客から根こそぎ奪うことはしないが、隅田一家や地蔵一家の賭場では身ぐるみはがされる奴がいる。あくどいやり口にも気づいているし、今後一切、隅田一家や地蔵一家の賭場に出入りすることはないだろう。忠告、ありがとうよ」

笑みをたたえた鈴木が背中を向けた。行きかけて、足を止めて振り向き、ことばを重ねた。

「御上場の陸続きのところで動き回るのは止めろ。どんな咎めがあるかもしれないからな」

「隅田川に舟を出して調べれば、厄介なことにはならない。そういうことですね」

「それについては、おれの口から、そうしろとはいえぬ。浅尾屋が決めてくれ。じゃあな」

再び背中を向けた鈴木が戸襖へ歩み寄った。

戸襖を閉めて鈴木が出ていったのを見届けて十蔵が告げた。

「英次郎、川魚漁をやっている漁師で潜りのできる連中を集めてくれ。手配が済み次第、舟を出す」

「承知しました」

脇に置いた大刀に手を伸ばし、英次郎が立ち上がった。

「どれ、愚僧も出かけるとするか」

腰を浮かせた覚然に十蔵が声をかけた。

な」

「私も、漁師たちの手配がつき次第出かけます。それまで四方山話《よもやまばなし》でもどうですか

「それでは、そうしますか」

応じて覚然が座り直した。

御上場とはさほど隔たりのない隅田川の水面に漁小舟《いさりおぶね》が三艘浮かんでいる。

そのなかの一艘に十蔵と英次郎が乗っていた。

ふたりは、凝然と目前の川面《かわも》を見つめている。

他の二艘には、ふたり乗っているのと四人乗っている舟があった。四人のほうの漁小舟に乗っているふたりは、厚手の半纏《はんてん》を羽織っている。小袖の下は褌《ふんどし》だけを身につけた裸同然の姿だった。潜りを得手とする漁師とおもえた。

御上場の水際近くの、そこだけ草が生えていなかったところの後方に覚然が立っている。推察するに目印がわりに立っているのだろう。

三艘の舟は覚然よりも少し下流のほうに浮かんでいる。川は上流から下流へ流れていく。川底に沈んでいるものがあれば、下流のほうに流されているだろうと考えた上で決めたことであった。

突然、川面にあぶくが浮き、ひとりの男が、つづけて別の男が、水中から顔を出した。

「いましたぜ。これから重しがわりの石を縛りつけた縄を切りに、もう一度潜りまさ。じきに浮いてきますぜ」

ひとりがいい、大きく息を吸って川のなかへ潜っていった。別の男も深呼吸して、水のなかへ消えた。

舟べりから身を乗り出すようにして十蔵と英次郎が水面を見つめる。

男たちが潜ってから、さほどの間をおくことなく川面に乱れた波紋が生じた。

さらに躰を傾けて、十蔵と英次郎が水面に目を凝らす。

川面に小さな渦が湧き、水中からせりあがるようにふたつの物が浮き上がってきた。

仰向けになった女と俯《うつむ》きに浮いた男の骸だった。

ふたりの右手と左手の手首には、それぞれ荒縄の一端が縛りつけられている。流れにまかれてもふたりが決して離れないようにしたのだろう。

女は、小袖の下に緋《ひ》色の襦袢《じゅばん》を身につけていた。男の着ている小袖がめくれて、解けかかった褌が川面で揺れている。

目を注いだまま十蔵が英次郎に声をかけた。

「まだ女の骸を食売女と決めつけるわけにはいかぬが出で立ちから推量して、私には足抜きした食売女のようにおもえる」

「私も、そう見立てます」

応えた英次郎に、

「この骸が食売女だとしたら、足抜きした食売女のひとりは男と心中したということになる。逃げきれぬと知って、ふたりで身を投げたか、それとも誰かに心中を装って殺されたか」

「潜った漁師が重しがわりの石に縛りつけた縄を切るといっていました。覚悟の上のこととみえますが、いま少し調べて判じるべきかと」

「そうだな。とりあえずふたりの骸を引き上げよう」

水面に浮くふたつの骸に、十蔵と英次郎が再び目を注いだ。

藪の中

一

引き上げられた男女ふたりの骸《むくろ》は、千住大橋のたもと近くにある、漁《いさ》り舟《ぶね》の船掛《ふなが》かりの脇で陸揚げされた。

やってきた覚然に、

「心中したのだろう。供養のために念仏を唱えてくれ」

といい、英次郎に顔を向け十蔵がことばを重ねた。

「問屋場《といやば》へ行き大八車を一台と人足を四人ほど手配して、ここへもどってきてくれ。それと問屋場の下役を走らせて苅豆屋、新田屋、砂倉屋、中里屋、日原屋、瀬沢屋に、心中の片割れの女の顔あらためをやってもらいたい。半刻後に金蔵寺《こんぞうじ》へきてくれ、とつたえさせてくれ」

「承知しました。ふたりの骸は金蔵寺に葬るのですね」

「そうだ。女の骸が食売女《めしうり》だとはっきりしたら、そのまま金蔵寺に葬ることができる」

「小半刻後には人足たちとともに大八車を牽《ひ》いてもどります」

目礼した英次郎が十蔵に背中を向ける。

歩き去る英次郎を見送る十蔵の耳に経文を唱える覚然の声が聞こえてきた。

金蔵寺は建武《けんむ》二年（一三三五）に開山された真言宗豊山《ぶざん》派の古刹《こさつ》である。

吉原の遊女たちが死んだときは、箕輪《みのわ》の浄閑寺《じようかんじ》の門前に骸を置くのが弔いの決まりのようになっていた。

その浄閑寺同様、千住宿にある金蔵寺も、食売旅籠《はたご》で手酷《てひど》く扱われ、働かされて年季が明ける前に病死した食売女たちが葬られる寺院であった。

食売女たちを慰霊するために享保《きようほう》十二年（一七二七）に建立された供養塔の台石には食売女の戒名とおもわれる〈信女〉のほかに、幼子を意味する〈童女〉という戒名も多数見うけられる。

駆け落ちしたお澄とともに浅尾屋に転がり込んでから数日後、英次郎は十蔵に連れられて金蔵寺に出向いた。

〈南無阿弥陀仏《なむあみだぶつ》〉

の文字が刻まれた供養塔の前に立った十蔵は英次郎に声をかけた。

「英次郎、この供養塔は千住宿の食売旅籠で、病の身でも客をとることを強いられ、病死した食売女たちを弔ったものだ。台石に彫られた戒名を見てみろ」

いわれるがまま台石の戒名を目で追った英次郎が眉《まゆ》をひそめた。

「童女とありますが、幼子までここに葬られているのですか」

「おそらく食売女が産んだ幼子たちの戒名だろう。戒名をあたえられただけでも、この供養塔に葬られた幼子たちは幸せだったのかもしれぬな」

「それでは闇《やみ》から闇に葬られた幼子が他にも多数いると」

「数えきれぬほどいるだろう。この世に生を受け、何年間か育てられた幼子はもちろんのこと、生まれ落ちるまで母の胎内にいた赤子は、まだ幸せだったのかもしれぬ。孕《はら》んだ食売女は中条《ちゅうじょう》流の子堕《こお》ろし術を見様見真似《みまね》で覚えた遣り手婆の手で腹の子を水子にして流すと聞いている」

「それでは母親の躰《からだ》が傷むことになりませぬか」

「なるだろうな。躰が悪くなろうが年季奉公の証文をとり買いつけた女、たとえ病に冒されていようと命あるかぎり働かせる。それがほとんどの食売旅籠の主人たちのやり口だ」

「それほどひどいのですか」

「そうだ。食売女の居るところは、まさしく苦界。店頭《たながしら》になってくれと問屋場支配の足立屋《あだちや》さんからすすめられたときに、店頭を引き受けようと決めたわけのひとつは、この供養塔にある。私が店頭になることで食売女たちの苦しみを少しでも和らげてやることができるのではないかとおもったからだ」

「十蔵さん」

「英次郎、私の店頭の仕事を手伝ってくれぬか。店頭副役の職を引き受けてくれ」

「どれほどできるかわかりませぬが。店頭副役として勤めさせていただきます」

間を置かずに英次郎は応《こた》えていた。

その日のことは、台石に刻まれた童女の戒名とともに、いまでも英次郎の脳裏に焼きついている。

問屋場へ向かいながら英次郎は、店頭副役になった経緯《ゆくたて》をおもいおこしていた。

早足ですすむ英次郎の行く手に見慣れた景色が現れた。

荷運びのために人足たちが忙しく立ち働いている。乗り継ぎの馬や駕籠《かご》の支度をしている馬方や駕籠舁《かき》たちの姿も見えた。

まもなく問屋場であった。

金蔵寺の食売女たちの供養塔の前、筵《むしろ》の上に女と男の骸が横たえられている。

その周りを取り囲むようにして苅豆屋、新田屋、砂倉屋たちが女の骸の顔あらためをしていた。

傍らに十蔵と英次郎が立っている。

「苅豆屋さん、男はともかく、この女に見覚えはないかい」

「うちの女じゃねえな」

苅豆屋がいい、新田屋から砂倉屋へと目を移して訊《き》いた。

「新田屋さん、砂倉屋さん、見覚えがねえかい」

「私にゃ見覚えがない顔だね」

新田屋が応じた。

首を捻《ひね》って砂倉屋がいった。

「どこかで見たような気がするな。瀬沢屋さんか日原屋さんの抱え女のような気がするが」

記憶が曖昧《あいまい》ならしく独り言のような砂倉屋のつぶやきだった。

と……。

「こちらです」

との声が聞こえた。

顔を向けた十蔵の目に、問屋場の下役に案内されてくる中里屋、日原屋、瀬沢屋たちの姿が映った。

「忙しいところをすまないねえ。隅田川に身を投げて心中した女が食売女かもしれないんで顔あらためをしてもらいたいとおもってさ。呼び出しをかけたんだよ」

「大事な売り物だ。顔あらためでもなんでも足抜きした抱え女の行方を知るためだったら、たとえ唐天竺《からてんじく》だろうと出かけていきますよ」

三人のうちで年嵩《としかさ》の中里屋が、険しい顔つきで声を上げた。

苅豆屋たちが骸から離れ、入れ替わりに中里屋、日原屋、瀬沢屋が女の骸に近寄って顔を覗《のぞ》き込んだ。

「お松《まつ》だ」

瀬沢屋が声を上げた。

「瀬沢屋さんの抱え女なんだね、この骸は」

訊いた十蔵に瀬沢屋が応えた。

「うちの抱え女のお松に間違いないよ。まさか男とふたりで足抜きしていたとは。しかし、足抜きがうまくいったというのに、なんで心中なんかしたんだろう。しかも、うちとは目と鼻の隔たりの千住大橋近くの隅田川に身を投げるなんて。逃げ切れないと諦《あきら》めるには、ちょっと早すぎるような気がするな。あるいは渡るには千住大橋を長すぎると考えたのかもしれない。千住大橋には身を隠すところがないからね」

首を傾《かし》げた瀬沢屋に十蔵が問いを重ねた。

「ふたりは人の頭ぐらいの大きさの石に、たがいの足首を縛りつけて隅田川の川底に沈んでいたと、引きあげてくれた漁師がいっていた。それぞれの左手首と右手首を縄でつないで離れないようにしていたし、誰がみても心中したとしかおもえない様子だったね」

しげしげと男の骸の顔を見つめて、瀬沢屋がいった。

「見覚えのない男だ。お松の馴染《なじ》みの客だったのかもしれねえ。遣り手婆だったら、この男がどこの誰かわかるかもしれないね」

「遣り手婆さんを、ここへ寄越してくれないかい。少しでも手がかりが欲しいんでね」

「もう顔あらためはすんだし、これからうちへもどって婆さんに急いでここに行くようにいっておくよ」

「手間かけてすまないね。婆さんがくるまでここで待っているよ」

「ところで、お松の骸だが、無縁仏として葬ってくださいな。お松のために、これ以上、鐚《びた》一文使いたくないからね」

「わかりました。無縁仏として弔うよう住職に話しておきます」

応えた十蔵と目も合わせることもなく、

「それじゃ、これで」

と、行きかけた瀬沢屋が足を止め、

「それにしても腹が立つねえ。お松の年季は、まだ五年ほど残っているんだ。大金を積んで買った商い物の女を台無しにしやがって、大損だよ、この糞《くそ》野郎め」

憎々しげに睨《にら》みつけた男の骸に唾《つば》を吐きかけた。

男の顔に瀬沢屋の唾がべったりとからみついた。

怒りがおさまらないのか、ふん、と鼻を鳴らした瀬沢屋が骸に背中を向けて歩き出した。

無言で会釈して中里屋と日原屋がつづく。

「それでは私も引き上げますよ」

茢豆屋が十蔵に声をかけ、歩き出した。

「それじゃ、私も帰りますか」

と新田屋がつづき、

「瀬沢屋さんは気の毒だ。店頭から許しも出たし、私は、どんなことをしても抱え女を連れもどさなきゃ。元手をかけた分、連れもどした女には、お宝をとことん稼ぎだしてもらわないと割りがあわないからね」

誰に聞かせるともなくつぶやきながら、砂倉屋が足を踏み出した。

遠ざかる莇豆屋たちを十蔵と英次郎が冷えた目で見送っている。

二

その頃、覚然は千住一丁目の外れ、隅田川寄りの鶴寄場《つるよせば》にいた。丈の高低はあるが草が茂る一帯のあちこちに雑木林が点在している。

どこからか鳥のさえずりが聞こえたかとおもうと、呼応するかのように四方から小鳥たちの鳴き声が響いてくる。

時折、羽音をたてて林の木々を覆う葉のなかから小鳥たちが飛び出ては舞い上がり、群れをなして、ひとしきり空を飛び回ったかとおもうと、飛び出したのとは違う雑木林のなかに飛び込んでいった。

雲水笠《うんすいがさ》の端を持ち上げて覚然はそんな鳥たちの、のびやかな様子にしばし見入っている。

ここは将軍家の鷹野、本来なら公儀から鳥見役を拝命した役人以外は立ち入ることが許されぬ一角であった。

が、半ば公の約束事とでもいうべきだろうか、山野を修行の場とする雲水や山伏の往来は、その地に留《とど》まらぬかぎり大目にみられていた。

小鳥たちの群れ飛ぶ姿に、この男らしからぬ優しげな眼差《まなざ》しを注いでいた覚然の目が、突然、細められた。

膝を折って身を低くした覚然が耳をすませた。

その耳は、草を踏みしめて歩いてくる足音を、しかととらえていた。

草藪《くさやぶ》の隙間《すきま》から、覚然は足音のする方をじっと窺う。

歩いてくる、裁付袴《たつつけばかま》をはいた出《い》で立《た》ちから見て鳥見役らしい二十代半ばの武士の姿が見えた。中背で痩軀《そうく》、細い目に低い鼻、どちらかといえば馬面の目立たない顔立ちの男だった。

近づいてきた鳥見役の姿に、覚然はおもわず首を傾げていた。

鷹野に巣くう鳥たちの有り様を調べるのも、鳥見役の務めのひとつである。

当然のことながら覚然は、鳥見役が見廻《みまわ》りにきたものと判じていた。

が、どうみても、その鳥見役の姿は、見廻りの任についているとはおもえなかった。胸の前に大事そうに小さな風呂敷《ふろしき》包みを抱え、手に竹筒を下げていた。竹筒には飲み水が入っているのだろう。

鳥見役は、身を潜めている覚然に気づくことなく目前を通り過ぎていく。

鳥見役の腰には、手にした竹筒と同じような竹筒が下がっていた。飲み水を入れた竹筒を二本、持っている。帯に結わえつけた竹筒は、おそらく鳥見役のとなると、もう一本の竹筒は、誰かに飲ませるために用意したものに違いない。覚然は、そう推断した。

鳥見役が歩き去っていく。

その行く手に、粗末なつくりの小屋が見えた。狩りのときに使う用具を入れた物置がわりの小屋であった。

鳥見役の歩みに澱《よど》みはなかった。

まっすぐに物置小屋へ向かって歩を運んでいく。

（あの風呂敷包みのなかみは、おそらく食い物。あの小屋に何者かが身を潜めているに相違ない）

胸中でつぶやいた覚然は鳥見役の後ろ姿に目を注いだ。

鳥見役は躊躇《ちゅうちょ》することなく、物置小屋の扉を開けた。なかに入っていく。

扉が閉められたのを見届けて覚然は、ゆっくりと動き出した。身を低くしたまま、小屋へ向かってすすんでいく。

歩み寄った覚然は小屋の横手の壁際に身を寄せて座り込んだ。

雲水笠を脱ぎ、板張りの外壁に耳をつけ、躰をやや斜めにしてもたせかけた。頭に雲水笠を載せ、顔にかぶせる。

傍目《はため》には歩くことに疲れた雲水が、一休みしようと、目についた小屋の壁に寄りかかって一寝入りしているように見える。

が、覚然は小屋のなかの物音ひとつも聞き逃すまいと耳をそばだてていた。

男と女の話し声が聞こえる。

男は、さっき小屋に入っていった鳥見役だろう。

女がどこの誰か、覚然には見当もつかなかった。

物置小屋は、本来、女がいるはずのないところである。

そこに女がいる。女に、身を隠さねばならない理由があることは明らかだった。

また、男には、女を匿《かくま》わねばならないわけがあるに違いない。

「あたしみたいな女を、将軍さまが狩りをなさる御狩場の、狩りの用具を置いた小屋にかくまってもいいのかい。食売女の足抜きに手を貸して一緒に逃げただけでもお咎めをうけるんじゃないのかい。あたしがみつかれば、塚田《つかだ》さんは鳥見役を御役御免になるだけじゃすまないんじゃないのかい」

女が塚田と呼んだところをみると、風呂敷包みを運んできた鳥見役は塚田という名なのだろう。

「乗りかかった舟だ。覚悟は決まっている。おれはお春《はる》を助けたかったのだ。それより早く食べろ。朝から何も食べていないんだろう」

お春と呼ばれた女が応えた。

「塚田さんが持ってきてくれるおむすびを昼と夜に分けて食べている。それで十分だよ。小屋から外へ出られないから、お腹はあまり空いてないしね」

「着替えを用意してやりたいんだが、独り身のおれが女物の下衣や長襦袢《ながじゆばん》、小袖《こそで》や帯を買いそろえることもできぬ。それに千住宿のなかで買うわけにもいかないからな。もう少し辛抱してくれ。この二、三日中に千住宿から逃げ出せるように手筈《てはず》をつけるつもりだ」

「これ以上、無理をしないでおくれ。あたしは故郷《くに》に帰っても厄介者扱いされるだけだし、江戸へ出て、どこかの居酒屋の住み込みの酌女にでもなるつもりさ」

「休みをもらって、おれが伝手《つて》を頼って住み込み先も探してやる。おれはお春のことが心配なんだ」

「塚田さん、おまえさんて人は」

涙ぐんだのか、お春が洟《はな》をすする音が聞こえた。

しばしの間があった。

途惑ったのか、あわてたように塚田がいった。

「なぜ泣く。おれが、何か悪いことをいったか」

「そんなんじゃないんだよ、あたしは、こんなにあたしを心配してくれる人にはじめてあったんだ。あんた、ほんとに優しいんだね」

「つまらぬことをいってないで早く握り飯を食え。おれは勤めにもどらねばならぬ。長居はできぬぞ」

「わかったよ。早く食べる」

わずかの間があった。

お春がことばを重ねた。

「おいしいよ、このおむすび。ほんとにおいしい。ありがとうよ」

ことばが途切れた。

どうやらお春は握り飯を頬張《ほおば》っているらしい。

雲水笠を顔からずらし、外壁につけていた耳を離した覚然が小さく溜息《ためいき》をついた。

雲水笠をかぶった覚然が、ちらりと小屋を見やり、這《は》うようにして小屋から離れていった。

小半刻（三十分）ほどして、塚田が小屋から出てきた。手には何も持っていなかった。竹筒と握り飯の包みは、おそらくお春の手元に残してきたのだろう。

やってきた方へ塚田が歩いていく。

丈の高い草が揺れて左右に割れたかとおもうと、覚然が姿を現した。

先を行く塚田を見え隠れに覚然がつけていく。

つけられていることに塚田は気づいていないようだった。

やがて……。

鷹野鳥見屋敷に塚田が入っていった。

屋敷近くの林のなかから覚然は塚田の後ろ姿に目を注いでいる。

小屋の外で覚然が盗み聞いた、

「あたしがみつかれば、塚田さんは鳥見役を御役御免になるだけじゃすまないんじゃないのかい」

といったお春のことばどおり、塚田が鳥見役であることは、まず間違いないようだ、と胸中でつぶやいていた。

見聞きした事柄を十蔵に知らせるべく覚然は鷹野鳥見屋敷に背中を向けた。歩き出す。

いまはとくにやることもない。十蔵が留守のときにはもどってくるまで待つ、と覚然は腹をくくっている。

行き着く先は、問屋場に隣り合う問屋会所の店頭詰所であった。

三

草加《そうか》宿寄りの、千住宿の出入り口には髪結床が数軒ある。旅人たち、とくに訪ねる相手のいる商人や武士たちは、長い道中で汚れて乱れた髪を見苦しくないように整えるために髪結床へ行き、髷《まげ》の手入れをすることが多かった。髪結床で髪を結っている髪結は、ある意味では、旅人の出入りを見張る番人にも似た存在でもあった。
そんな髪結床〈草床《くさどこ》〉に伊八はいる。草床の主人、三五郎《さんごろう》の手がすくのを待ってい
た。草床は三五郎の他に髪結職人がふたりいる。三人で髪を結いつづけているが、手
を休めることがないほどの繁盛ぶりだった。
草床では、通りに面した濡《ぬ》れ縁に客を座らせて髪を結っている。客のなかには、往来する旅人
日差しの明るさをうまく利用するためにやっている。
たちに顔を見られるのが厭《いや》だ、という人がいるが草床には草床のやり方がある。うち
のやり方が厭だという客は、他の髪結床へ行けばいいんだ、と三五郎がいっているの
を何度か伊八は聞いたことがある。
このことから推測できるように三五郎は職人肌の頑固者だった。伊八は、そんな三
五郎の気質が気にいって、髪の手入れをするときは草床に行く、と決めている。
伊八は草床の通りに面した濡れ縁に腰をかけて、道行く人をぼんやりと眺めている
のが好きだった。
濡れ縁に腰をかけた客の髷を結い直している三五郎の傍ら、客とならぶようにして
伊八が腰をかけてから半刻（一時間）近くになる。ぼんやりと通りに目を向けて、の
んびりとくつろいだように見える伊八だが、千住宿に入ってくる旅人の顔のひとつも

見逃すまいとその目を働かせていた。

見知った顔が何人かいた。そのなかには千住宿の食売旅籠に買い付けた娘を売りに行く女衒《ぜげん》も見うけられた。

千住宿で、よく見かける景色であった。どんな事情があってのことかわからぬが売られるには売られるなりのわけがあるはずだった。女衒に連れられた娘たちすべてが沈んだ顔をして、うつむいている。早ければ数日後には客をとらされる娘たちであった。

そんな娘たちを見かけても、伊八は何もしてやれない。千住宿に割り振られた食売女の人数は御法度で決められている。が、食売旅籠が抱えている食売女の数は、御法度で決められた人数をはるかに上回っていた。

「見て見ぬふりをするしかないのさ。細かいことをいいだしたら食売旅籠の商いが成り立たなくなる恐れがある。道中奉行や代官所のお役人に、お目こぼしをしてもらうために月々のお手当てを渡したり、何か起こったときには、その都度、袖の下をつかませたりして事を穏便にすませるように画策するのも店頭の大事な務めなのさ」

以前、十蔵がいっていたことばを伊八はおもいだしていた。

突然、三五郎の声がかかった。

「伊八親分、少しの間なら、話ができますぜ」

その声が伊八を現実にひきもどした。

「忙しいのに悪いな。草加から千住宿へ入ってくる旅人のことなら三五郎さんに訊くのが一番だとおもってきたのよ。何せ三五郎さんは千住宿の草加口の関守《せきもり》みたいなものだからね」

「関守とは大仰な。もっとも、昼間は通りに顔を向けっぱなしだ。髷を結いながら、ちらちらと往来する旅人たちの顔を見ているうちに、馴染みの顔の見分けはつくようになりやした。顔を覚えると気にかかって、蕎麦屋なんかで偶然出くわすと、店の者に名を訊いたりして、稼業や名までわかってくる。不思議なものでさ」

「訊きたいのは、その馴染みの顔のことさ。このところ足繁く千住宿に出入りしている女衒がいるかどうか教えてくれないか」

「女衒ですか」

記憶をたどっているのか三五郎が遠くを見るような目つきをした。

ぽん、と右の拳《こぶし》で左手の掌《てのひら》を軽く叩いて、三五郎がいった。

「おもいだしました。売り物の娘をひとりも連れてこないで千住宿にやってきた女衒がふたりほど、いました」

「ふたりほど、というと、三人かもしれないということかい」

「面目ないが、その通りで。ふたりか三人といったほうが正しいかもしれねえ」

「名前はわかるかい」

「勘助《かんすけ》、助五郎《すけごろう》、それと」

ううむ、と三五郎が大きく首を捻った。

「もうひとりいるんだな。売り物の娘をつれずにやってきた女衒が」

「そうなんで。それから数日ほど、何か用があるのか、三人が千住宿をうろついてたのを見かけけました」

「女衒たちは、数日間も千住宿に留まっていたというのかい」

「そうなんで。女衒が数日間も千住宿に留まっている。ひとりでも、あまりないことなのに、三人もつるんでいましたからね、何かわけがあったのかもしれませんね」

「もうひとりは、どうしてもおもいだせないかい」

「そいつが、もう一息というところでして。あの女衒、何という名だったかなあ」

再び、首を傾げた三五郎が、はっ、とうなずいて、

「おもいだしました。鎌三《かまぞう》で」

「鎌三と勘助と助五郎だな」

「そうです。三人とも、あっしの店で髷を結い直したことが何度かありますんで、そのときに名を聞いておりやす」

女衒は、買いつけてつれてきた娘を買いとってくれる、それぞれのお得意さんともいうべき食売旅籠を持っている。三五郎に訊いても鎌三たちの商い先の食売旅籠のことはわかるまい。そう判じた伊八は、

「いろいろと話してくれてありがとうよ。それじゃ、これで」

立ち上がった伊八に興味を隠しきれずに三五郎が訊いてきた。

「鎌三たち女衒の連中が何かやらかしたんで」

「なあに、食売旅籠が抱えている食売女の数を調べなきゃならなくてね。それで訊いたのさ」

「そういえば、このところ食売女が増えたような気がしますね」

「そうなんだ。また顔を出すぜ」

「忙しいときは、今日みたいに待ってもらうことになりやすが、それでよけりゃ、いつでもお出でください」

「そのときは、よろしく頼まあ」

微笑みを三五郎に向け、伊八が背中を向けた。

隅田川に沈んでいた女の骸は、瀬沢屋からいわれてやってきた遣り手婆が再度顔あらためをしお松だと認めた。男のほうは、お松を名指しして月に数度ほど通ってくる馴染みの客であることがはっきりしたが、遣り手婆も男の素性や住まいまでは知らないようだった。

骸の顔あらためをした後、遣り手婆が、

「店頭に念を押しといてくれと、旦那《だんな》さんからの言伝《ことづて》を頼まれてるんだ。お松の骸は無縁仏として葬ってくれ、弔い賃は鐚一文出せない。五年も年季が残っている。大損だ、と旦那さん、大変な剣幕だったよ」

と金壺眼《かなつぼまなこ》を細め、眉をひそめていったものだった。

「万事心得てるよ。いわれたとおりに骸の始末はつけると瀬沢屋さんにつたえておくれ。ご苦労さん。帰っていいよ」

遣り手婆にそういって、十蔵は英次郎とともに金蔵寺の住職のところへ向かった。

勤行のさなかなのか、経文を唱える声が風に乗って流れてくる。その声を頼りに十蔵と英次郎は本堂へ向かって歩を運んだ。

勤行が終わるまで小半刻ほど境内の庭石に腰をかけ、英次郎とふたりで時を潰した十蔵は、顔を見せた住職にお松と男の骸の始末を頼み、後ほど店頭詰所から供養料を届けさせる、と言い添えて金蔵寺を後にした。

歩きながら十蔵が英次郎に声をかけた

「英次郎、これから苅豆屋、新田屋から日原屋、中里屋、砂倉屋へとまわって、足抜きした食売女たちの行く方調べをどんな手立てでやっているか聞き出してきてくれ。無法な、情け容赦のないやり口が当たり前のようにまかり通っている渡世だからな。どんなやり方をしているのか知っておきたい」

足を止めて英次郎が応えた。

「承知しました」

十蔵も立ち止まった。

「私は店頭詰所にもどる。暮六つまでには詰所に顔を出してくれ。覚然さんが何かつかんでくるかもしれない。それ次第で動きが変わる」

「できるだけ早く詰所に顔を出します。それから」

「それから、何だ。遠慮はいらぬ。いってみろ」

「お松の相方がどこの誰か、調べたほうがいいような気がしますが」

「お倫に調べさせよう」

「お倫さんなら、すぐ調べがつくでしょう。あの聞き込みの手管は並大抵のものではありませぬ。私など足下にも及びません。どこで修業を積まれたものか」

「世間を渡るうちに身に備わったものだろう。そこらへんのことは私にも、よくわからぬ」

「十蔵さんにもわかりませぬか。あるいは天性のものかもしれませぬな」

「そうかもしれぬ。時が過ぎる。早く行け」

「それでは、これにて」

背中を向けて歩き去る英次郎を見送りながら十蔵はお倫におもいを馳《は》せた。

かつて、お倫が聞き込みをやっている場に立ち会った十蔵は、ごく自然に話を切り出し、いつのまにか自分の訊きたいことに話をもっていくお倫の手管に感心して、問いかけたことがある。

「いつのまに、そんな技を身につけたのだ。私には、あんなふうに話をすすめられない。どうすれば、ああいう具合に話の筋道を運べるのか、教えてほしいものだ」

照れたような笑みを浮かべてお倫が応えた。

「あらたまって、そんなことを訊かれても教えようがないよ。いつのまにか身についていたもので、とりたてて教えるほどのものではないのさ」

「いつのまにか身についていたというのか」

「そうだよ。とくに修業したとか、そんな大仰なものじゃないんだよ。しいていえば」

「しいていえば？」

「しいていえば、数年ほど女盗賊として世渡りしている間に、人の顔色や、その場そのときの、相手の悪意、善意を読み取れるようになっていたのさ。男も女も、こころに含んでいることを表に出さぬように努めていても、なかなか完全に隠しきれないものさ」

「盗人《ぬすっと》の、いわば習性みたいなものか」

「そうかもしれない。盗人は、いつも御上の役人や気の合わない盗賊仲間に狙《ねら》われているような気がしている。それで二六時中、気を張り詰めてまわりの様子を窺っている。いつのまにか、そうしていることが当たり前になってくる」

ふっ、と微笑んだお倫が十蔵にいった。

「でも、いまは違うよ。旦那とふたりっきりのときは、あたしはまるで赤子みたいなものさ。何にも考えていない。どうやって甘えてやろうか、とそればっかり考えている」

色っぽい流し目をくれてきたお倫に十蔵は、

「おいおい、お手柔らかにしてくれ。まだお天道様は頭の上だ」

ことさらに厳しい口調で応えたことをいまでも覚えている。

いま、そのお倫は足抜きした食売女たちの年季奉公の期限や、岡惚《おかぼ》れした男、腐れ縁の男がいたかどうかなど身辺を調べに歩き回っているはずだった。

（お倫は、必ず何か手がかりになるものをつかんでくる）

そう胸中でつぶやいて十蔵はゆっくりと足を踏み出した。

千住宿の通りをお倫が急ぎ足で歩いていく。

苅豆屋からまわりはじめ、すでに新田屋、瀬沢屋、日原屋、中里屋での聞き込みを終えていた。お倫は、遣り手婆や店の表で立ち話などして一休みしている食売女たちに声をかけて、世間話でもするような様子で、さりげなく必要な話を聞き込んでいく。

あらかたの聞き込みは終わっていた。残るは砂倉屋だけだった。

砂倉屋へ向かいながら、お倫は瀬沢屋の店先に縁台を持ち出して日向《ひなた》ぼっこをしていたお松の朋輩の、年増の食売女から聞き込んだ話をおもいだしていた。

茢豆屋から足抜きした食売女お里《さと》、お時《とき》、新田屋、中里屋、日原屋から足抜きしたお梅《うめ》、お杉《すぎ》、お勝《かつ》とお松の場合は、明らかに違っていた。

足抜きした夜、お松がとっていた客は染井にある植木屋の職人の作太郎《さくたろう》だった。お松と作太郎は上州の同じ村で育った、いわば幼なじみだったという。

「お松さんの年季は、まだ五年残っている。お松さんを身請《みう》けしようにも、親方のもとで修業している身の作太郎さんには、身請けできるほどの大金をそろえるのは、とても無理。それで、思い詰めたあげく、ふたりで手に手をとって足抜きをしたのさ」

そこで一息ついた食売女が、しんみりした口調でつづけた。

「あたしも含めて仲間の抱え女の何人かは、お松ちゃんが足抜きしようとしていたことは薄々感じていた。が、みんな、そのことは口には出さなかった。遣り手の婆さんもその口さ。誰かが手を貸さなきゃ、ああうまく足抜きはできない」

独り言のような女の物言いだった。

食売女の手にさりげなく手を重ねてお倫が小声でいった。

「いまの話、口が裂けても誰にもいわない。信じておくれ」

「わかってるよ。お倫さんだから、話したのさ」

そのとき見せた年増の食売女の寂しげな笑顔が、いまもお倫の瞼《まぶた》の裏に残っている。その笑顔には、好き合った男と一緒になるために命がけで足抜きしようとしているお松に、かつての自分を重ね合わせていた食売女の切ない気持ちが隠されている。お倫は、そう感じとっていた。

足抜きした他の女たちは、年季が明けるまで一年を切っているという。一年もしないうちに年季が明けるというのに足抜きをするだろうか。お倫は、おもわず首を傾げていた。

あたしなら、もう一年辛抱する。それっきりで何の後腐れもないからね。胸中でつぶやき、無意識のうちに足を止めたお倫は、さも訝《いぶか》しげに眉をひそめ、今度は大きく首を捻った。

四

金蔵寺で十蔵と別れた後、英次郎は茢豆屋へ向かった。

幸いなことに茢豆屋と新田屋には主人がいた。

「隅田一家に足抜きした食売女の探索をまかせている。一度は地蔵一家に声をかけたが、店頭から行方を追ってもかまわないと許しが出たので、いままでの馴染みもあって隅田一家にすべてまかせた。地蔵一家には金を払って手を引いてもらった。砂倉屋さん、日原屋さん、中里屋さんも似たような有り様だろう」

と異口同音の応えがかえってきた。

一応、茹豆屋と新田屋のことばの裏をとっておくべきだろう、と考え、英次郎は日原屋、中里屋から砂倉屋へと足をのばした。

日原屋と中里屋では、茹豆屋や新田屋と同じような話がかえってきた。

が、砂倉屋では様子が違った。

主人は留守だったが、番頭が、

「足抜きした食売女の始末を、どこの一家に頼んだか訊きたいのだ」

との英次郎の問いかけに神妙な顔つきで応えた。

「細かいことはわかりませんが隅田一家に頼みました。さっきも隅田一家の代貸の金十郎さんがやってきて、足抜きした夜のお春の客はどんな奴だったか憶《おぼ》えていることをすべて話してくれと、しつこく訊いてきましたぜ。くわしい話は遣り手婆か仲間の食売女に訊いてくれ、といっておきました」

「金十郎は遣り手婆や食売女から何か手がかりを聞き出せたのかな」

「いろいろと訊いていましたが、金十郎の相手をした遣り手婆や女たちの様子が、いやにそっけなかったんで、おそらく、たいした話は聞けずじまいだったんじゃないかとおもいやす。金十郎は小半刻ほど店の中でうろうろしていましたが、諦めたのか引き上げていきましたよ。女たちは、何かといえば責め折檻《せっかん》のときに出張ってくる隅田一家の子分たちが大嫌いですからね」

話をしてくれた番頭が苦笑いしながらいったものだった。

ほどなく暮六つ（午後六時）になる。砂倉屋を出た英次郎は店頭詰所へ向かって足を速めた。

店頭詰所の座敷に英次郎が足を踏み入れたときには、すでに十蔵はじめ覚然、伊八、お倫が顔を揃《そろ》え、円座を組んでいた。

「遅くなりました」

声をかけた英次郎に十蔵が顔を向けた。

「まだ暮六つには、少し間がある。約束の刻限に遅れたわけではない。ここに座れ」

指で十蔵が指し示した場所は、はじめから英次郎のために空けてあったところであった。

「英次郎、胡座《あぐら》をかいて楽にしろ。おまえが正座すると、わしも座り直さなければならなくなる」

わきから覚然が声を上げた。

「わかりました。くつろがせていただきます」

ちらり、と英次郎が十蔵に目を走らせた。苦笑いしながら十蔵が胡座をかいた。伊八が十蔵にならい、お倫が足を崩す。

胡座をかいた英次郎に覚然がいった。

「これでよい。いままで、わしひとりが胡座をかいていたのだ。ずいぶんと肩身の狭いおもいをしていたのだぞ」

横からお倫が口をはさんだ。

「ここにいる誰も、覚然さんが肩身の狭いおもいをしていたなんて、おもってもいないよ。あたしがきたときにも、旦那が正座しているというのに覚然さんは胡座をかいていたじゃないか。伊八さんがやってきて姿勢を正して座っても胡座のかきっぱなし。あれで肩身の狭いおもいをしていたなんていわせないよ。ところで、ひとつ訊きたいことがあるんだけど」

「何だ」

「覚然さんは日々の勤行のとき、どうしてるんだい。罰当たりにも胡座をかいて勤行してるんじゃないのかい」

「手痛いところをついてくるな。勤行のときは、常々行儀の悪いわしも正座をするのだ。なぜか勤行しているときは正座をしていても足がしびれぬ。気が張り詰めているのだろうな」

呆《あき》れかえってお倫がいった。

「ああいやこういう。ほんとに覚然さんは口が立つんだね。ほんとに喰《く》えないお坊さんだ」

「褒めことばとして受け取っておこう。しかし、お倫姐《ねえ》さんの舌鋒《ぜっぽう》は、いつも鋭い。さすがのわしもたじたじだ」

呵《か》々《か》と、覚然が屈託のない笑い声を上げた。

「あたしのほうがたじたじだよ」

笑みをたたえてお倫がいった。

ふたりのやりとりを微笑んで見やっていた十蔵が声を上げた。

「どうやら覚然さんとお倫のじゃれ合いも一区切りついたようだな。そろそろ本題に入るか」

十蔵が一同に目を走らせた。

その場に緊張が走る。

「覚然さんが貴重な手がかりをつかんできた。鷹野にある狩りのときに使う道具類を入れた物置小屋に、お春という食売女が隠れているそうだ」

「お春ですって」

「お春が物置小屋に」

相次いでお倫と英次郎が驚きの声を上げた。

ふたりに顔を向けて十蔵が問うた。

「お春について何か聞き込んだのか」

お倫が声を上げた。

「あたしが砂倉屋で、遣り手婆さんや食売女たちから足抜きしたお春の年季が一年足らずだったと聞き込んで引き上げるときに、入れ違いに隅田一家の金十郎と子分たちが砂倉屋へ入っていきましたのさ。何やら殺気だって、ただごとじゃない様子でしたよ」

そのことばを英次郎が引き継いだ。

「砂倉屋に私が顔を出したのは、お倫さんが引き上げた後です。金十郎たちは番頭や遣り手婆、朋輩の食売女たちに、足抜きした夜、お春を買った客がどこの誰か、しつこく訊いていたそうです。食売女たちは、金十郎や隅田一家の連中を毛嫌いしているので、まっとうな受け答えをしていなかったと番頭がいっていました」

「そうだろうな。足抜きしたときはもちろんのこと、下手に逆らうと折檻される食売女たちからすれば、足抜きした女を連れもどすために動き、責め折檻を請け負っている隅田一家の連中は、さながら鬼に見えるだろう。嫌って当然だ」

ことばを切った十蔵が、うむ、とひとりうなずいた。

顔を上げて、一同を見渡した。

「みんなに見せたいものがある。迷う私に店頭の職を是非とも引き受けてくれ、としつこく迫ってきた問屋場支配が、宿駅の恥ともいうべきこと、誰にも見せたくない代物だがと、手文庫からとり出してきた書付だ。それを読んで私は、店頭の職を引き受ける決意を固めた」

立ち上がった十蔵が、床の間の脇につくりつけられた違い棚に置かれた小さな木箱を手にとった。

一同は、無言で十蔵を見つめている。

もといたところにもどった十蔵が胡座をかいた。

前に置いた木箱の蓋《ふた》をあけ、なかから二つ折りした一枚の書付をとりだす。

った。


「英次郎、読んでみろ」

ちらり、と英次郎が覚然に目を走らせた。年嵩の覚然に気遣いした英次郎の動きだ
った。

わずかの間も置かずに覚然が声を上げた。

「わしに遠慮はいらぬ。店頭副役が先に読むのが道理というものだ」

目礼して英次郎が、十蔵から書付を受け取った。

開いて読み出した英次郎の眉がひそめられた。

書付は、お弘《ひろ》という食売女が食売旅籠の主人の冷酷な扱いに耐えかねて問屋場支配に訴えた願い書であった。

〈両親妹とも久々わづらへ、かり金たくさんでき、よんどころなく千住宿もり屋へおととしのくれっとめ奉公にまいり候所、去年の七月あさ病を引き受け、三十日の余わづらへ、八月中旬よりすこし病なおり、おきていますようになりますと、夜は客に出され、昼は山へたきぎとりにだされ、夜ひるからだのやすまるひまなきゆえ病は快気せず、少し休ませてくだされと主人に願へますと責めせっかんされ……〉

訴え出たお弘は、十一月に再び病の床に臥《ふ》し、少し直ると働かされ、逆らうと責め折檻されて、ついにおもいあまって問屋場支配に、

〈どうぞやどうぞやおじひにくだされ。主人に病が快気するまでおやもとへかえしくれ候よう主人に仰せ付けられ下されやうおねがへ申しあげます〉

と願い出たものであった。平仮名の多い、読みにくい書付だったが英次郎は一気に読み終えた。

「これが食売女の日々か」

独《ひと》り言《ご》ちた英次郎に覚然が声をかけた。

「わしが読む番だ」

書付を英次郎から受け取った覚然が読み始める。

読み終えた覚然が、うむ、と唸《うな》って、伊八に書付を渡した。

食い入るように読んだ伊八が眉間に縦皺《たてじわ》を寄せ、

「よくある話だ」

と吐き捨ててお倫に書付をまわした。

読んだお倫が、書付に目を落としたまま十蔵に訊いた。

「この願い書を出したお弘さんの始末は、どうつけられたのさ」

「お弘の願い書に目を通した前の問屋場支配はそのときに店頭を務めていた食売旅籠の主人に、お弘の身の振り方を任せきった」

「それじゃお弘さんは」

声を高めたお倫を見つめて十蔵が告げた。

「このような願い書を問屋場に出さぬよう、心得違いを正してやりなされと、店頭がもり屋の主人に願い書を手渡したそうな。もり屋の主人は出入りのやくざ者にお弘を折檻させた」

「お弘さんは責め殺された。そういうことだね」

「そうだ。病に冒されていたお弘の躰はやくざたちの折檻に耐えられなかったのだろう。折檻されて二日目の夜、命が尽きたと聞いている。お弘は無縁仏として金蔵寺に葬られたそうだ」

重苦しい沈黙がその場を支配した。

しばしの間があった。

空を見据えて十蔵がいった。

「私は決心した。私が店頭を引き受けることでお弘のような食売女をひとりでも救うことができるかもしれぬ、とな」

目をもどした十蔵が一同に告げた。

「私は鷹野の物置小屋に隠れているお春を助けてやりたい。店頭という立場上、表だって動くわけにはいかぬ。悪いが覚然さん、お春をおまえさんの庵《いおり》にかくまってもらえないか」

「人を救うのが仏の道だ。引き受けよう。が、お春が素直にわしについてくるかどうかだ。お春を逃がそうとしている鳥見役にも話をつけねばなるまい」

「お春も鳥見役も、その実、どうやって逃げるか、よい手立てをみつけられずにいるはずだ。話し合えば、わかってくれるはず」

「私もそうおもいます。明日には隅田一家の手がまわるかもしれない。今夜のうちに鷹野の物置小屋へ出向いて、お春と話をしたほうがいいのではないかと」

顔を向けて英次郎がことばを重ねた。

「覚然さん、これから物置小屋まで出張ってくれますか」

「人助けだ。労は惜しまぬ。すぐ出かけよう」

腰を浮かした覚然を十蔵が制した。

「まず脇本陣の浅尾屋に立ち寄って、明日までの兵糧と飲み水を三人分、用意してから出かけたほうがいい。握り飯はお道につくってもらえ。隠密の動きだ。お道は余計なお喋りはしないから、事が外に漏れぬ」

「たしかに」

「お道なら大丈夫だ。口数が少なすぎるのが玉の疵《きず》、もう少し愛想のひとつもいえるようになるととっつきやすいのだがな」

相次いで英次郎と覚然が応えた。

「覚然さんの見聞きした様子から推測して、鳥見役は明日の昼過ぎにはお春の食い物を持って小屋にくるだろう。それまでにお春に覚然さんの庵に身を移すように決心させられれば、事はうまく運ぶはずだ」

「やってみます」

「わしの説法の力で、お春を納得させてみせる。万事うまくいく」

決意を示して強く顎を引いた英次郎のことばを引き継いで、覚然が胸を張って言い放った。

「よろしく頼む」

と告げた十蔵が伊八とお倫に目を向けた。

「伊八、お倫、明日から手分けして女衒の鎌三、勘助、助五郎が千住宿でどんな動きをしていたか調べてくれ。今度の足抜き騒ぎ、ひょっとしたら、女衒の誰かが食売女たちに知恵をつけて仕組んだことかもしれぬ。あまりにも手際がよすぎる。食売女たちが何人つるんでもできることではない。そんな気がするのだ」

「あたしも、そうおもうよ。伊八さんはどうだい」

声をかけてきたお倫に伊八が応じた。

「まだ何ともいえねえが、売りつける女も連れずに女衒が三人もつるんで千住宿を数日ほどぶらついていたことが、どうにも気になる。とことん調べるべきだとおもいやすね」

やりとりが終わるのを待っていたのか覚然が口をはさんだ。

「どうやら話も一段落したようだ。英次郎、出かけるとするか」

立ち上がった覚然に英次郎がならった。

五

脇本陣の浅尾屋に立ち寄り、お道につくってもらった握り飯四個と香の物を竹の皮に包んだ弁当三つと水を入れた竹筒三本をくるんだ風呂敷包みを手にした英次郎と覚然は、提灯も持たずに鷹野の狩りの道具をしまった物置小屋へ向かうべく裏口から表へ出た。見送るお道がつづく。

出がけに覚然が英次郎に話しかけた。

「恋女房に会っていかなくてもいいのか」

「お澄の顔を見たら、気がゆるんで出かけたくなくなるかもしれません。会わないほうがいいんです。それに、こんな夜遅く出かけるところを見たら、お澄が余計な心配をするに決まっています」

笑みをたたえて応えた英次郎に、

「そんなものかな」

首を傾げた覚然に、

「そんなものです。出かけましょう」

声をかけて英次郎が歩き出した。

行きかけて覚然が足を止めた。

お道に話しかける。

「お澄さんにつたえてくれ。英次郎はわしと一緒に張り込みに出かける。張り込みは夜を徹することになるだろうが、心配は無用だ。張り込む場所は野原のまっただ中、色気はもちろん、何もないところだ、とな」

「お澄さんに必ずつたえます」

はにかんだように微笑んでお道が応えた。

「頼んだよ」

目礼して覚然が背中を向けた。

ついてこない覚然に気づいて英次郎が立ち止まって待っている。

急ぎ足で覚然が英次郎のところへ向かった。

肩をならべて歩き去る覚然と英次郎をお道がじっと見送っている。


夜空を覆う黒雲が、厚みと重さを誇示するように低く垂れ込めている。

草が生い茂り、森や林が点在する、足下もさだかに見えない鷹野を覚然と英次郎が歩いていく。

正直いって英次郎は闇のなかを、昼日中と変わらぬ足取りですすんでいく覚然の動きに驚嘆していた。

どこで鍛えあげたか知らないが、覚然は、よほど夜目が利くのだろう。

その覚然が林のそばで立ち止まった。

英次郎も足を止める。

林の際に歩み寄り、腰を曲げて手を伸ばし林の脇に積まれた、切り倒された木々の幹の一本を手にとった。

細長い棒状のものだった。

ところどころ節くれ立って見えるのは枝を切った跡だとおもえた。

棒状の幹を覚然が右手で掲げる。

幹は、捕り方が使う、俗に六尺棒とも呼ばれる寄棒《よりぼう》に似たような長さだった。

「これならよかろう。切り落とした枝の出っ張りが気になるが、邪魔になるかどうか試してみるか」

独り言ちた覚然が、振り向いて英次郎に声をかけた。

「ちょっと離れてくれ。この幹を振り回したいのだ」

無言でうなずき、英次郎が後退った。

幹の端を握った覚然が頭上に持ち上げ振り回す。

凄《すさ》まじい風切り音があたりに響いた。

棒術の達人もかくや、とおもわせる覚然の動きだった。

おもわぬ覚然の技を英次郎は驚きの目で見つめている。

幹を数回ほど振り回して覚然が動きを止めた。

「間に合わせのものだ。贅沢はいえぬ。これならよかろう」

つぶやいて覚然が英次郎に顔を向けた。

「ここ鷹野は将軍家の御鷹場だ。将軍様が狩りをやっていないときの昼日中は、鳥見役以外は坊主ぐらいしか歩き回れぬ場所だが、隅田一家にも面子《メンツ》があるはず。足抜きしたお春の行方を探る手がかりのひとつもつかもうとして子分たちは鷹野にやってくるに違いない。鷹野には狩りの道具をしまっておく小屋があちこちにあるからな」

「物置小屋にお春が身を潜めているかもしれない。隅田一家の連中が、そう考えても不思議はないですね」

「奴らが動くとしたら夜しかない。もし子分たちと渡り合うようなことになったら、棒のひとつも持っていないとやられてしまうとおもってな、武具のかわりになりそうな、ありあわせのものはないかと探していたのだ」

しげしげと覚然を見つめて英次郎が訊いた。

「それにしても、たいした腕前ですね。どこかで棒術の修行をなされたのですか」

「何、見様見真似というやつさ。坊主と修験者は悟りを得るべく険阻の地で修行を重ねる。修験者には、なぜか武術の達者が多い。わしは躰を動かすことが好きで、武術自慢の修験者をつかまえては教えを乞うた。それで、いつのまにか技を覚えた」

「それにしても覚然さんを見直しました。驚きました」

「おだてても何も出ないぞ。道草を食った。お春が隠れている小屋へ急ごう。隅田一家の子分たちに先を越されたら、とりかえしのつかぬことになる」

いうなり、さっさと歩き出した。英次郎がつづいた。

「あの小屋にお春が隠れている」

指した覚然の人差し指の先に、黒い影を浮かせた物置小屋が見えた。

「小屋のそばに近寄って、なかの様子を探ろう」

無言で英次郎が顎を引いた。

姿勢を低くして歩を運ぶ覚然に英次郎がならった。

物置小屋の板張りの外壁に躰を寄せ耳をつけて、英次郎と覚然がなかの気配をうかがっている。

小声で英次郎が話しかけた。

「息づかいが聞こえます。まだ眠っていないようですね」

「なかなか寝つけないのだろう。無理もない。追われている身だからな」

「隅田一家の連中、やってくるでしょうか」

「わからぬ。もし奴らが現れたら、わしが相手をする」

「それは危い。乱暴に慣れた子分たちだ。ふたりで相手をしましょう」

「英次郎、勘違いしているのではないか」

「勘違い？」

「わしは隅田一家の子分たちと事を構えるとはいっていない。坊主にしかできぬやり方があるから、わしがひとりでやるといっているのだ」

「坊主にしかできぬやり方ですか？　私には見当もつきませぬが」

「そのときになればわかる。やり方を話して聞かせてやる閑《ひま》は、いまのわしにはない。それより」

「それより、何ですか」

鸚鵡《おうむ》返《がえ》しをした英次郎に覚然が告げた。

「お春は、まだ起きている。近くで騒ぎが起きたら、小屋から出てくるか、戸を細めに開けて外の様子を探ろうとするだろう。恐れのあまりお春が何をするかわからぬ。子分たちがお春に気づいたら、厄介なことになる。お春が小屋の外へ出てこないようにするのが、英次郎、おまえの役目だ」

「承知しました。出たとこ勝負で、なんとかするしかないようですね」

不敵な笑みを英次郎が浮かべた。

その瞬間……。

一陣の風が、木々の葉や草々を揺らして吹き抜けていった。
が、風が走りすぎたというのに、いまだ消えぬ物音があった。
その音は、次第に大きくなっていく。
音に気づいたのか、英次郎と覚然が顔を見合わせた。
その音は、草を踏みしめる足音に似ている。
次第に近づいてくる物音は、入り乱れた足音とおもえた。
音のする方を英次郎と覚然が見据える。
次第に高まる足音につれて、朧《おぼろ》な黒い影が闇のなかに浮き出てきた。
その影が黒みを増して、少しずつ形が明らかになっていく。
黒い影は数人ほどの着流しの男たちの姿に変わっていった。
男たちは棒に似たものを一本、腰に帯びている。
長脇差とおもえた。
長脇差を差した着流しの男たち、それらは、隅田一家の子分たちに違いなかった。
身じろぎもせず英次郎と覚然は、子分たちの一挙手一投足に目を注いでいる。

闇《あん》夜《や》行《こう》

一

「いかん。隅田一家の子分たちは、お春が隠れている小屋に向かっている」

顔を向けて、覚然がことばを重ねた。

「わしは奴らを小屋から遠ざける。英次郎は、さっき打ち合わせたとおり、お春を小屋から出さぬようにしろ。できれば小屋に入り込み、隠れ場所をわしの庵《いおり》に変えるようにお春を説き伏せるのだ」

「やってみます」

「入れたら小屋で、入れてもらえなかったら小屋の前で、わしがもどってくるのを待つのだ」

「承知しました」

「わしは行くぞ」

雲水笠《うんすいがさ》をかぶり、棒代わりの幹を手に覚然が立ち上がった。

つねと変わらぬ、ゆったりとした足取りで覚然が子分たちへ向かって歩いていく。

歩を運んでくる子分たちを率いているのは代貸《だいがし》の金十郎であった。

子分たちと覚然の間合いが次第に狭まっていく。

子分たちも覚然も、足を止める気配はなかった。

両者の有り様に目を凝らしながら、弁当と竹筒を入れた風呂敷《ふろしき》包みを背負い、胸の前で風呂敷の両端を結びつけた英次郎が身を低くして物置小屋に近寄っていく。小屋の外壁に身を寄せながら、英次郎が出入り口の戸の脇にさらに近づき、草藪《くさやぶ》の後ろに身を潜めた。

そんな英次郎の、密《ひそ》かな動きの頃合いを計ったかのように覚然が声をかけた。

「ここは将軍家の御鷹場だぞ。まもなく深更にさしかかるという刻限に徒党を組んで御鷹場をうろつくというのは不届千万。鷹野鳥見屋敷に詰める千住勤番の鳥見役に見つかったら、ただではすまぬぞ」

足を止めて金十郎と子分たちが覚然を睨《にら》みつけた。

子分のひとりがわめき散らす。

「糞《くそ》坊主、人のことをいえた義理か。鳥見役に見つかれば、てめえも同じ目にあうんだ。そんなこともわからねえのか、馬鹿野郎」

「馬鹿はおまえたちのほうだ。わしは仏法に帰依し修行を重ねている者だ。時には悟りを求めて、闇夜《やみよ》の山野を歩きつづけることもある。それも修行のひとつなのだ。御上においても、千代田のお城や将軍様所有の御屋敷、宿泊なされる本陣に入ることをのぞいて、雲水がいつ何時、天領のどこに足を踏み入れようと一切お咎《とが》めはないのだ」

雲水笠の端を持ち上げて、覚然が子分たちを見つめた。

「金十郎ではないか。代貸のおまえがいるということは引き連れているのは隅田一家の子分たちか。為造親分は、おまえたちが無断で御鷹場に入り込むことを知っているのか」

顔を突き出すようにして覚然を見据えた金十郎が、渋面をつくっていった。

「聞いたような声だとおもったが覚然さんじゃねえか。今日は酒を呑《の》んでないようだな。いつもと違って声がしゃっきりしているぜ」

「たまには酒を抜くこともある。前々から、今日は闇夜の山野を歩くための夜目を鍛える日と決めていた。ところで金十郎、おまえは今日も一杯ひっかけているようだな。

声が酒で割れている。酔いざましに出てきて御鷹場に迷い込んだのか」

「邪魔しねえでくれ。おれたちにも何かと都合があるんだ。満更知らねえ仲でもねえ覚然さんに痛いおもいはさせたくねえ」

凄《すご》みを利かせて金十郎が睨みつけた。

「どうやら、まともな話をする気はなさそうだな。わしのいっていることが間違いではないことをたしかめに、これから鷹野鳥見屋敷へ一緒に行ってみるか。わしと、金十郎やおまえたち隅田一家の子分たちの了見とどちらが正しいか、鳥見役の誰かに判じてもらおう」

一歩、覚然が前に出た。

「てめえ、坊主だとおもって大目に見ていたが、勘弁できねえ。隅田一家に逆らうとこうだ」

懐から匕首《あいくち》を抜き出して子分が覚然に突きかかった。

他の子分たちが、匕首を抜き連れる。

が、次の瞬間、子分たちが動きを止めた。

驚愕《きょうがく》の目を剝《む》いて、棒立ちになっている。

突きかかった子分の匕首が、高々とはじき飛ばされていた。覚然が手にしていた棒代わりの幹を下段から振り上げ、匕首を握った子分の手をしたたかに打ち据えていたのだった。

よろけた子分の脳天に幹が叩《たた》き付けられる。

大きく呻《うめ》いて、子分が昏倒《こんとう》した。

目にも止まらぬ覚然の幹捌《さば》きであった。

顔を向けて覚然がいった。

「手加減した。気絶しているだけだ。もっとも、瘤《こぶ》がひとつ、できているだろう。できるだけ早く介抱してやったほうがいい。ただでも足りない頭が、もっと役立たずの頭になりはてるかもしれぬ」

驚きのあまり、呆《ほう》けたように目を見張っていた金十郎が甲高い声を上げた。

「覚然坊、てめえ、どこで棒の修行を積んだんだ」

「修行僧のなかには、源九郎判官義経《げんくろうほうがんよしつね》公の家来武蔵坊弁慶《むさしぼうべんけい》のように剛勇の誉れ高い者もいる。棒術を指南してもらう相手には不自由はせぬ。それより」

「それより？」

「これから鷹野鳥見屋敷へ行こう。倒れている男を捨てていくわけにもいかぬ。手加減したとはいえ打ち据えて気絶させたのはわしだ。わしが肩に担いでいってやる」

「そいつはご勘弁を。あっしたちは、酔い覚ましに御鷹場をぶらついていただけだ。覚然さんのいうとおりだ。鳥見役に見つかったら厄介なことになる。すぐ引き上げるよ」

「もともと、わしは事を荒立てる気はない。引き上げてくれれば、何の問題もない。ところで、この子分はどうする」

「もちろん、あっしらがつれて帰りやす」

子分たちを、振り返って金十郎がことばを重ねた。

「おねんねしている野郎を一家まで運ぶんだ。誰か背負ってやれ」

「わかりやした」

「あっしが背負いやす」

相次いで子分たちが応じた。

子分たちのなかのふたりが気絶した子分へ駆け寄った。

ひとりが横たわる子分の前で後ろ向きになり片膝《かたひざ》をついた。もうひとりが両脇の下に手を入れて抱え上げ、片膝をついた子分に背負わせた。

「引き上げるぞ」

子分たちに告げた金十郎に覚然が声をかけた。

「御鷹場を出るまで送っていこう」

「お気遣いなく。あっしらだけで帰れますんで」

迷惑そうに顔をしかめて金十郎が応じた。

「御鷹場は広い。道に迷うといかん。修行で御鷹場を歩き慣れているわしが見送りがてら案内してやる。迷惑か」

「いえ、迷惑だなんてとんでもねえ。あまりのご親切に涙が出そうで」

渋い顔つきで金十郎が応《こた》えた。

「出かけよう。夜回りの鳥見役に見つかると面倒なことになる。先に行け」

顎《あご》をしゃくった覚然に、

「それじゃお先に」

会釈して金十郎が歩き出す。

子分たちがつづいた。

ごとり、と微《かす》かに戸を開ける音がした。

「開けてはいかぬ」

低いが有無をいわせぬ英次郎の声音だった。

息を呑む気配を感じる。

おそらく物置小屋のなかでは、お春が恐れに躰《からだ》を竦《すく》ませているだろう。そう考えて英次郎はことばを継いだ。

「隅田一家が引き上げていく。動くな」

やっと聞き取れるほどの小声で話しかけながら、英次郎は覚然の動きに目を注いでいた。

隅田一家の子分たちが、いつ何時、襲いかかってくるかもしれぬ。油断は禁物だ。そう判じた覚然は、いつでも迎え撃つことができるほどの間を置いて足を踏み出した。

金十郎たちの後を追うように覚然が遠ざかっていく。

目を凝らして、次第に小さくなっていく覚然や隅田一家の後ろ姿を見つめていた英次郎が、躰を低くしたまま小屋の戸の前に身を移した。

「隅田一家は引き上げた」

返事はなかった。が、戸の向こう側に立っているお春の、低いが乱れた息づかいがつたわってくる。

「店頭副役《たながしらそえやく》の真木だ。お春、よく聞け。このままでは鳥見役の塚田さんに迷惑がかかる。悪いようにはせぬ。戸を開けてくれ」

動揺したのか、お春が大きく息を呑むのがわかった。

しばしの間があった。

戸の内と外で探り合っている。

口を開いたのは英次郎だった。

「どうした。戸を開ける気にはならぬか」

意を決したのか、お春がか細い声で応じた。

「このままでは、塚田さんに迷惑がかかる。そのことはあたしだってわかるよ。あたしは、どうすればいいんだろう」

「いったはずだ。悪いようにはせぬと」

「そのことば、信じたい。信じてもいいのかい」

「信じるのだ。隅田一家が探索にくるかもしれぬ、とおもってここにきたのだ。昼間、修行僧の覚然さんが、お春に食い物を運んできた塚田さんを見かけた。曰《いわ》くありげな様子に小屋に近寄って、塚田さんとお春の話を盗み聞いた。いま、千住宿は足抜きした七人の食売女《めしうり》の噂《うわさ》で持ちきりなのだ。それで、覚然さんは店頭詰所に相談にきた」

「七人も、足抜きしたのかい。知らなかった」

「今日のところは引き上げたが、隅田一家が、もう一度やってくるかもしれない。見つかれば、厄介なことになる。塚田さんがお春をかくまったことが表沙汰《おもてざた》になるかもしれない」

「開けるよ。悪いようにはしない、という副役さんのことばに賭《か》けてみるよ」

なかから戸が開けられた。

怯《おび》えた顔つきのお春が立っていた。

「入るぞ」

声をかけて英次郎が足を踏み入れ、後ろ手で戸を閉めた。

後退りながらお春がいった。

「副役さんの顔、見覚えがあるよ。悪いようにはしないっていったよね。信じていいんだよね」

「隅田一家の子分たちが御鷹場から出ていくのを見届けて、覚然さんが小屋にもどってくる。もどってきたら、すぐ覚然さんの庵に身を移すのだ」

「駄目だよ。塚田さんに黙って出ていくわけにはいかないよ」

「塚田さんには、明日にでも、お春が覚然さんの庵に身を移したことをつたえに行く。

塚田さんがお春に会いたい、といったら、塚田さんを庵につれてくる」

急に怯えたように顔をしかめて、お春が声を高めた。

「あたしを砂倉屋に引き渡すんじゃないだろうね。連れもどしに来たんじゃないだろうね」

「いいか。よく聞け。御鷹場から出られるのは夜中だけだ。昼日中は出歩くわけにはいかぬ。将軍家が鷹狩りをなさる鷹野に出入りするときは、鷹野鳥見屋敷の鳥見役組頭の許しを得なければならぬ。大目にみてもらえるのは坊主か修験者だけだ。許しを得ていない者の出入りは禁じられているのだ」

大きく息を吐き肩を落として、お春が応えた。

「覚然さんが、お坊さんがくるまで考えさせておくれ」

力の失《う》せた声だった。

躰の力も抜けたのか、崩れ落ちるようにお春がその場にしゃがみ込んだ。両掌《りょうて》で顔を覆う。

お春の躰が一気に縮んで、一回り小さくなったように感じられた。

そんなお春を、英次郎が黙然と見つめている。

二

一刻（二時間）後、お春は覚然の庵にいた。

竹の皮に包んだ弁当と水を入れた竹筒が、お春の前に置いてある。その向こうに英次郎と覚然が胡座《あぐら》をかいていた。

「あたしの弁当まで持ってきてくれたんだね」

つぶやくようにお春がいった。

「夜が明けたら、わしが鷹野鳥見屋敷へ出向いて塚田さんを呼び出し、お春を預かっている、会いたかったら、いつでもわしの庵に訪ねてこい、とつたえてくる。塚田さんがお春に会いたかったら、会いにくるだろう」

応えた覚然に顔を向けて、お春がいった。

「副役さんや覚然さんのいうとおりにしたんだ。塚田さんには迷惑はかからないよね。約束してくれるよね」

わきから英次郎が口をはさんだ。

「悪いようにはせぬ、と店頭がいわれた。お春の話を聞き、事情が呑み込めたところで事が丸くおさまるように店頭が動いてくださる。店頭はじめ配下の者たちは千住宿の評判を落とさぬために働いている。食売旅籠《はたご》のために動いているわけではない」

「ほんとうかい。いままでの店頭は、食売旅籠の手先みたいなものだった、と遣り手の婆さんがいっていた」

「そのとおりだ。いままでの店頭は安堵《あんど》代の大半を納めている食売旅籠の便宜を図ってやることが多かった。安堵代の多寡で、食売旅籠の扱いを甘くしたのだろう」

「遣り手の婆さんはこうもいっていた。よくはわからないけど、いまの店頭の浅尾屋さんは少し違うような気がする、ともね。あたしゃ、その遣り手の婆さんのことばを信じてみよう、とおもってついてきたんだ」

じっと英次郎を見つめて、お春がことばを重ねた。

「あたしは覚悟を決めているんだ。あたしはどうなってもいい。塚田さんだけには、迷惑がかからないようにしておくれ。お願いだよ」

「お春の覚悟のほどはわかった。心配するな。すべて店頭にお任せするのだ。わかったな」

笑みをたたえて英次郎がいった。

「信じるしかないね。副役さんのことばを信じることしか、あたしにできることはないんだ。信じたいよ」

無言で英次郎と顔を見合った覚然が、お春にいった。

「いまのお春の覚悟のほども、塚田さんにつたえておこう。すべては夜が明けてからだ。用意してきた握り飯を食うか、寝るか、お春、どちらかにしろ。わしは寝る。このまま朝まで酒の一滴も呑まずに起きていられるか」

吐き捨てるようにいったことばとは裏腹、さして腹も立てていない様子で覚然が、ごろり、と横になった。

板壁に背をもたせかけて英次郎が胡座をかいている。

一隅に座ったお春が首を垂れていた。どうやら座ったまま転《うた》た寝《ね》をしているらしい。

覚然は大の字になって、微かに鼾《いびき》をかいていた。

一番鶏《どり》の鳴く声が風に乗って聞こえてくる。その鳴き声に呼応するかのように人足たちが牽《ひ》いているのか、地を削る大八車の音と足音が、入り乱れて響いてくる。

やっちゃ場の始まりを告げる音であった。

壁際から離れた英次郎が覚然ににじり寄った。

手をのばし肩を揺すると、低く呻いて覚然が目を覚ました。

覚然さん、おもいのほか、寝起きがいいようだ。胸中で英次郎はつぶやいていた。

ゆっくりと半身を起こした覚然が、大きな欠伸《あくび》をして英次郎に目を向けた。

「夜が明けたか」

「もうすぐ、やっちゃ場の競りが始まります」

まだ眠気がさめないのか首を回しながら覚然がいった。

「まず脇本陣浅尾屋へ行き店頭を叩き起こして、お春をわしの庵に移したことを知らせて、それから鷹野鳥見屋敷へ向かう。その段取りでいいな」

「結構です。できれば」

「できれば？」

鸚鵡《おうむ》返《がえ》しをした覚然に、

「店頭に、できるだけ早く庵に顔を出してほしい、そのときにお春の着替えを持ってきてもらいたい、とつたえてください。それともうひとつ」

「ふたつも用件があるのか。早くいえ」

「必ず、万難を排して塚田を庵に連れてきてください」

「万難を排してだと。そいつは難題だな。塚田が庵にはいかぬといいはったら、どうする」

「その心配はありません。塚田は必ずきます。お澄と駆け落ちした私には、塚田の気持ちが手にとるようにわかります」

「こいつめ、いくらお澄さんに惚《ほ》れているといっても、朝っぱらから、つまらぬ惚気《のろけ》の押し売りをしおって。気分が悪い。おおいに気分が悪くなった。わしの、この気分の悪さを直させるには貧乏徳利二本の酒ではすまぬぞ」

「貧乏徳利で三本、一件が落着次第、持ってきます」

「貧乏徳利三本か。その約定、二言はないな」

「必ず約定は守ります」

「わかった。気分を直そう。出かける」

やおら立ち上がった覚然が、転た寝しているお春に気づいて、

「よほど疲れているのか、お春が座ったまま眠っている。このまま寝かせておいてやろう」

「そうですね」

板敷の間の上がり端に置いた雲水笠を手に取り、そっと土間に降り立った覚然が忍び足で小屋から出て行った。

見送った英次郎がお春に目を移した。

横座りし、壁に躰を押しつけるようにもたせかけたお春が安らかな寝息をたてて、

ぐっすりと寝入っている。

脇本陣浅尾屋の奥、家人の住まいになっている一角の座敷で十蔵と覚然が向かい合っている。

三

鷹野にある物置小屋の近くで見張っていたところ、隅田一家の代貸金十郎が子分たちを引き連れてやってきたこと、物置小屋に金十郎たちが近づいていくので覚然が出ていって行く手に立ちふさがり、多少揉《も》めたが、最後は追い返したこと、その間に英次郎が小屋に乗り込み、お春と話し合って、覚然の庵に身を移させたことなどを、覚然がかいつまんで十蔵に話して聞かせた。

口をはさむことなく聞き入っていた十蔵が覚然に訊《き》いた。

「お春は覚然さんの庵にいるのだな」

「そうだ。英次郎が一緒にいる。昨夜、金十郎たちはわしと顔を合わせている。ひょっとしたら、隅田一家の子分たちが庵の様子を探りにくるかもしれぬ。お春をかくまっている間は、わしか英次郎のどちらかが用心棒がわりに、そばにいてやったほうがいいだろう」

「私は、支度が終わり次第、庵に向かう。さっきいっていたお春の着替えはお道に用意させよう。下衣から小袖《こそで》まで身につけるもの一式を揃《そろ》えさせ、私が持って行く」

「わしは、これから鷹野鳥見屋敷へ行き、鳥見役の塚田某《なにがし》にお春の身柄をわしの庵に移した。お春に会う気があれば、これから、わしと一緒に庵に向かうか、ともちかけるつもりだ」

「できるだけ塚田を庵につれてきてくれ。お春と塚田、ふたり揃っていたほうが、何かと話がすすめやすい」

「英次郎は、塚田は必ずお春に会いにくる、といいきっている。駆け落ちしたことがある英次郎には、塚田の気持ちがわかるらしい」

「そうか。英次郎が、そんなことをいっていたか」

「やれることはすべてやってみる。英次郎は、塚田はお春に会いにくる、といっていたが、わしには、そのあたりのところは、よくわからぬ。男と女のこころのあやを読み解くのは大の苦手でな。とくに女のこころはわからぬ。だから女にはできるだけ説法しないようにしている」

「女の気持ちなど私にもわからぬ。しょせん男と女はわかりあえぬ生き物だ。惚れている、好きだというおもいは、その場そのときの思い込みにすぎない。その思い込みが長続きするか、すぐ醒《さ》めるか、ただそれだけのことなのだ。読み解こうとすればするほど、わからなくなる。思い込みは、現《うつつ》のことではない。それぞれが勝手に描いた絵空事みたいなものだ。絵空事は、幻に似ている。幻は、手ではつかめぬ代物だ」

うむ、とうなずいた覚然が感心したような眼差しを十蔵に注いだ。

「それだけわかっているとは、たいしたものだ。さすがに〈好き者の旦那《だんな》〉と陰口を叩かれているだけのことはある。男と女のかかわり合いの奥底が、わしにも、よくわかったような気がする」

「好き者の旦那はよかったな。時が過ぎる。覚然さん、鷹野鳥見屋敷へ急いでくれ」

「おう、そうじゃった。われながら、どうも話し好きでいかん。好きな相手と話をしていると、ついつい時がたつのを忘れてしまう。どれ、出かけるとするか」

よいしょ、と掛け声を掛けて覚然が立ち上がった。

突然、拍子木が打ち鳴らされた。

木々の生い茂る葉の間から多数の鳥が飛び出し、群れをなして青い空を切り裂き円を描いた。

鷹野鳥見屋敷そばの林の前に拍子木を手にした塚田が立っている。塚田のまわりに数人の武士が居流れていた。

上役と見える武士が笑みをたたえていった。

「塚田、腕を上げたな。拍子木の打ち方で木の葉々のなか、枝にとまって羽根を休めている鳥たちの飛び出す数が違ってくる。上様が鷹野で鷹狩りを楽しまれるとき、あちこちの木々のなかに身を潜めている小鳥たちを、拍子木を叩いて茂る葉のなかから追い出すのも大事なお役目のひとつだ。塚田、次の鷹狩りのときの拍子木打ちはおまえに決まった」

「ほんとですか、組頭。御目見得以下の微禄《びろく》の御家人の私には、上様のそばに控え、上様の御尊顔を拝せられるなど夢のまた夢、一度でいいから上様の間近で御尊顔を拝したい、と願っておりました。まさか、その夢が実現するなんて、信じられません。組頭、ありがとうございます」

深々と塚田が頭を下げた。

「が、油断は禁物だぞ。次の鷹狩りの日取りは、まだ決まっておらぬ。それまでに他の者が拍子木打ちの上手になれば、その者が上様近くに控える拍子木打ちになる」

「それでは、まだ決まったわけではないのですね」

気落ちしたのか塚田が溜息《ためいき》まじりにつぶやいた。

「しっかり修業しろ。昼まで拍子木打ちの稽古《けいこ》をしていてもいいぞ」

平手で軽く塚田の肩を叩き、組頭が踵《きびす》を返した。鳥見役たちがつづいた。

鷹野鳥見屋敷へ入っていく組頭たちを見送った塚田が、手にした拍子木を胸の前に掲げてゆっくりと回した。まず右へ回し、さらに左へと回した。手首を鍛えているのだろう。

「塚田さん」

かけられた声に塚田が動きを止めた。

振り返る。

林の外れに雲水が立っているのが見えた。

雲水がことばを重ねた。

「覚然と申す修行僧でござる。塚田さんですな」

「なぜ拙者の名を知っている」

「お春から教えられた」

「お春から」

動揺したのか塚田がおもわず周りに目を走らせた。

「お春は愚僧の庵に預かっている」

「御坊の庵にお春が。どういうことだ」

「昨日、修行のため、鷹野のなかを歩き回っていた。物置と見える小屋の近くで塚田さんを見かけた。小屋に入っていく。なぜか気になったので小屋のそばに身を寄せて、塚田さんとお春の話を盗み聞いた」

「お春をどうするつもりだ」

「宿場では足抜きした食売女の噂で持ちきりだ。七人ほど足抜きしたらしい」

「七人も足抜きしたのか。知らなかった」

「隅田一家が血眼になって足抜きした食売女たちの行方を追っている。知り合いの浪人に相談したら、お春を守ってやろうということになった。それで昨夜、小屋のそばで張りこんでいたら、隅田一家の子分たちがやってきた。知恵をしぼって子分たちを追い払い、お春と話をして庵に移ってもらった」

「お春は無事か」

「無事だ。お春から、塚田さんにわしの庵に身を隠していることを知らせてくれ、と頼まれてやってきたのだ」

「庵に案内してくれ。組頭に願い出て、外へ出る許しをもらってくる。母が急な病に倒れ、今夜がやまだと知り合いの坊さんが知らせに来てくれたと理由をつける。万が

一、上役が母の病のことを覚然さんに問いただすようなことになったら、口裏を合わせてくれ。頼む。拙者はお春に会いたいのだ」
「わかった。乗りかかった船だ。口裏を合わせよう」

「すまぬ」

一礼して塚田が鷹野鳥見屋敷へ駆け込んでいった。

後ろ姿を見やって覚然がつぶやいた。

「英次郎の見込みどおりだ。塚田は躊躇《ちゆうちよ》なく庵にいく、お春に会いたいからだ、といおった。浅尾屋さん流にいえば、塚田という男、まだ思い込みのまっただ中にいるようだな。惚れた腫《は》れたは思い込みに過ぎぬか。幽霊の正体見たり枯れ尾花、という諺がある。形は違うが、意味するところはどこか似ているような、そんな気がする。やっぱり、わしは女より酒の方がいい。酒に酔って見る夢のほうが後腐れがない」

独《ひと》り言《ご》ちた覚然が、うむとひとりうなずき、微かに笑みを浮かべた。

脇本陣浅尾屋の表で、見送りに出てきたお道が手にした着替えをくるんだ風呂敷包みを手渡しながら、伏し目がちに話しかけた。

「旦那さま、余計なことかもしれませんがお願いがあります」

「お願い？　遠慮なくいってくれ」

「あの、女は、着替えをするところを男の人に見られたくないものです。だから、お春さんが着替えるときは庵の外へ出ていただけませぬか。着替えが終わるまで外で待ってもらいたいのです」

「お道も着替えるところを見られるのは恥ずかしいか」

揶揄《やゆ》するような十蔵の口調だった。

「いえ、それは、あたしと旦那さまは別です。旦那さまとは一度肌を」

「一度肌を合わせた。それも、切羽つまったおもいがこもった、命がけの目合《まぐわ》いだ。惚れた男ができたら、相手の男に私とお道がどれほどのかかわりか、正直に話すんだよ。話を聞いた相手の男が、すべてを許してくれたら、私にも正直に相手の男とのかかわりあいを話しておくれ。悪いようにはしないからね」

じっとお道を見つめて十蔵がいった。包み込むような、優しげな十蔵の眼差《まなざ》しだった。

「あの、あたしは、まだ、そんなことは」

口ごもったお道に十蔵が、

「出かけるよ」

笑いかけ、背中を向けた。

歩き去る十蔵をじっとお道が見つめている。

鷹野鳥見屋敷から、裁付袴《たつつけばかま》から袴に着替えた塚田が走りでてきて、待っていた覚然に駆け寄った。

息を弾ませながら、塚田が覚然に話しかけた。

「まだ名を名乗っていなかったが鷹野鳥見屋敷詰めの鳥見役、塚田敬助《けいすけ》と申す。微禄の御家人だ」

「塚田、敬助さんか。愚僧の庵に案内しよう」

「明日まで休みをもらった。母上が病に倒れた。かなり悪いようだ。休みをもらいたい、と申し出たら、組頭はすぐに許してくれた。母上には申し訳ないが、拙者のおもいを包み隠さずつたえれば、此度の嘘《うそ》は必ず許してくれるはずだ」

「そのへんのところは、わしにはよくわからぬ。それより急ごう。だいぶ時が過ぎた」

歩きだした覚然に塚田がつづいた。

覚然の庵の前に十蔵と英次郎が立っている。

「着替えるのに、だいぶ手間どっているようですね。お澄もそうだが、女の着替えは、おもいのほか時がかかる。それにしても、そろそろ終わってもいい頃だ」

焦《じ》れたような英次郎の物言いだった。

「塚田という鳥見役が庵に顔を出してくれるかどうかで、向後の話のすすめ方が変わってくる。着替えが終わり次第、お春から足抜きしようと決心した経緯《ゆくたて》と足抜きしてから後の成り行きを聞き出すつもりだが、お春ひとりから話を聞くより、塚田とお春、ふたりならべて聞いたほうが事の流れがはっきりするはずだ」

鷹野のほうを見やって十蔵がことばを重ねた。

「手間取っているのかな。覚然さん、そろそろもどってきてもおかしくはない刻限だが」

と、戸の向こうからお春の声がかかった。

「待たせて申し訳ありません。着替えが終わりました」

「そうか。入らせてもらう」

戸を開けようと十蔵が振り向いたとき、英次郎が声を上げた。

「覚然さんが帰ってきました。武士と二人連れです。おそらく塚田某でしょう」

「なかで待とう。出迎えなどしたら人目につく」

「たしかに」

見返ることなく戸を開けて十蔵が庵に足を踏み入れた。英次郎が、十蔵にならった。

庵の板敷の間で塚田と十蔵が向き合って座っている。塚田の傍らにお春が、十蔵の左右、斜め後ろに英次郎と覚然が控えている。

名を名乗った塚田を見つめて十蔵が告げた。

「千住宿の問屋場《といやば》で店頭の職にある浅尾屋十蔵です。お見知りおきください」

「店頭だと。それでは食売旅籠の手先みたいな役向きの者ではないか。覚然さん、これはどういうわけだ。拙者を騙《だま》したのか」

呆《あき》れ返って覚然が応じた。

「塚田さん、ことばを慎みなされ。お春の着ている小袖が変わっているのに気がつかないのか。食売旅籠の手先なら、そんな気遣いはせぬ。さっさと食売旅籠の主人にお春を渡しているはずだ」

わきからお春がことばを添えた。

「覚然さんのいうとおりです。浅尾屋さんは、砂倉屋の遣り手婆さんが噂していたとおり、いままでの店頭とは違います。食売旅籠の味方ではありません。あたしは、そう信じています」

「そういわれれば、たしかに覚然さんやお春のいうとおりだ」

独り言のようにつぶやいた塚田が顔を向けて、ことばを重ねた。

「店頭、どうやらことばが過ぎたようだ。謝る。お春を助けてくれて、あらためて礼をいう。お春は、拙者にとってかけがえのない女なのだ」

あわててお春が口をはさんだ。

「塚田さん、何てことをいうんだい。あなたはれっきとした御家人の鳥見役、あたしはしがない食売女なんだよ。金をもらえば、相手を選ばずに男たちと床をともにする、汚れた女なんだ。そんな食売女をかけがえのない女だなんて、口が裂けてもいっちゃいけない。塚田さんの身分に疵《きず》がつくよ」

「いいんだ、疵がついても。おれに金さえあればお春を身請《みう》けしたいとおもっていたんだ。何とか身請け代を工面するか、金ができぬ時にはお春の年季が明けた後、一緒になろうと申し入れると決めていたのだ。そんなときに、あの女衒《ぜげん》の鎌三の奴が、余計な話をお春に持ちかけてきた。足抜きをしないかといってきたのだ」

「あたしが悪かったんだ。鎌三は砂倉屋にあたしを売った女衒なのさ。その鎌三が、突然やってきて、年季が明けるまで後一年足らず。その間、身を削って働いても余分な金は一文も入ってこない。どうだい。おれが手引きするから足抜きをして、よその岡場所の見世で一年間の年季奉公をしたら、多少のお宝を手にすることができるぜ。小さな居酒屋を出す元手には足りねえかもしれないが、金は残るぜ、と持ちかけられ、その気になったあたしが馬鹿だったのさ」

　ふたりの話に聞き入っていた十蔵が口をはさんだ。

「女衒の鎌三が、足抜きをしないかと持ちかけてきたというのだな」

　わきから英次郎が話しかけた。

「おかしな話ですね。お春を砂倉屋に年季奉公させたのは鎌三だ。つまるところ鎌三は砂倉屋出入りの女衒ということになる。いわばお得意さんともいうべき砂倉屋を裏切って、お春をよその見世に鞍替《くらが》えさせようと画策する。後々の商いを考えたら、とてもできることではない」

「そのとおりだ。筋道がとおらぬ。筋を外したら商いの仲間から弾《はじ》きだされる。それが女衒と食売旅籠や岡場所の見世の主人たちの間の納得ごと、いわば渡世の掟だ」

　応じた十蔵に塚田が身を乗り出した。

「拙者もそうおもったのだ、筋が通らぬと。で、お春と話し合って、鎌三が仕組んだ足抜きの段取りを逆手にとって足抜きをしようということになったわけだ」

「足抜きするにいたった成り行きは、よくわかりました。ところで塚田さん、さっき塚田さんは金さえあればお春を身請けしたいといわれたが、本気ですかな」

問いかけた十蔵に塚田が応えた。

「本気だとも、身請けする金さえ手に入れれば、お春を身請けする。その気持ちはいまも変わらぬ」

覗《のぞ》き込むように塚田を見つめて十蔵が訊いた。

「借金をしてもお春を身請けしますか」

「借りられるものなら金を借りたい。拙者はお春を身請けしたいのだ」

わきからお春が声を上げた。

「何をいってるんだい。借金したら金を返さなきゃいけないんだよ。借金には必ず利がつく。借金は高いものにつくんだ。つらいおもいをするに決まっている」

ちらり、とお春に目を走らせて十蔵がいった。

「お春を身請けするお金、私が貸してあげましょうか。ただし証文は書いていただきますが」

「ほんとうか。ほんとうにお春を身請けする金を貸してくれるのか。証文は書く。金を貸してくれ」

一膝すすめて塚田が声を高めた。必死なおもいが塚田の声音に籠《こ》められていた。

「念を押しますが、本気でお春を身請けするんですね」

「本気だ」

「身請けしたお春を、どうなさるんで」

「それは、いまは、はっきりとはいえぬ。段取りをおって、すすめねばならぬ。が」

「が？」

「いまいえることは、お春を自由の身にしてやりたいということだ。江戸へ出て、堅気の奉公先をみつけて働かせる。おれはお春が好きだ。いまは、それしかいえぬ」

縋《すが》るような塚田の眼差しだった。

向き直って、お春が塚田に声高に迫った。

「塚田さん、あたしを見捨てておくれ。あたしのために、これ以上、無理をしないでおくれ。もう、いいんだよ。あたしは、塚田さんの、その気持ちだけで十分ありがたいんだ。あたしは砂倉屋へもどるよ。そうさせておくれ。それが一番いいんだ。あたしのことより自分のことを考えておくれ。お願いだよ」

「駄目だ。おれはお春を身請けする。おれは、お春を自由の身にしてやりたいんだ」

目を向けて、塚田が告げた。

「店頭、おれにお春を身請けする金を貸してもらいたい。頼む。このとおりだ」

両手をついて塚田が深々と頭を下げた。

それには応えず十蔵が塚田をじっと見つめた。

重苦しい沈黙が流れた。

目を向けることなく十蔵が告げた。

「覚然さん。硯《すずり》と墨、筆と紙を用意してくれないか。塚田さんに証文を書いてもらう」

「わかった。すぐ用意する」

立ち上がった覚然が一隅に置かれた古びた文机《ふづくえ》へ向かった。

文机の上に墨と硯、筆がおさめられた硯箱と巻紙が置いてある。

文机の前に座った覚然が、硯箱のそばにならべてあった硯瓶《すずりがめ》を手にとって硯池《けんち》に水を注ぎ入れ、元のところにもどした。

硯箱と巻紙を手にして覚然が立ち上がる。

もどってきた覚然が、持ってきた巻紙を十蔵の前に置く。

自分のもといたところにもどった覚然が、手にした硯箱を斜め前に置き、墨を硯ですりはじめた。

顔を向けた十蔵が塚田に問いかけた。

「証文の文言は、塚田さんが書かれますか。それとも金額と塚田さんの名を書くところだけを空白にして、文言を私が書きますか。塚田さんの望み通りにしますが」

「借金の証文の文言の書き方を知らぬ。店頭のほうで文言を書いてくれ。書き上がり次第、証文におれの名を書く」

「承知しました。それではあらかじめ決められた書式にしたがい、私が証文の文言を書きましょう」

墨がすり上がったのか覚然が硯箱を十蔵の傍らに置いた。

その硯箱を横目に見て、十蔵が巻紙を持ち、筆を手にして硯池に浸した。

巻紙に、十蔵が文言を書き始める。

筆を走らせる十蔵を息を呑んで塚田とお春が、塚田とお春のわずかな変化も見逃すまいと英次郎と覚然がじっと見つめつづけている。

四

板敷に置いた証文に、躰を折り曲げるようにして塚田が名を書き込んでいる。

膝の上に置いて重ねた両手を強く握りしめ、唇を噛みしめたお春が肩を落として、そんな塚田に目を注いでいた。

傍らに置いた硯箱に筆を置き、塚田が書き終えた証文を十蔵に差し出した。

「これでいいか」

証文を受け取った十蔵が無言で目を通す。

顔を塚田に向けて、告げた。

「結構です。後は身請けにかかった金高を書き入れるだけですね」

振り向いて十蔵が、ことばを重ねた。

「英次郎、これから脇本陣の浅尾屋にもどり、私からいわれたといって身請けに必要な金をお澄さんから受け取ってきてくれ。大番頭の儀助は、青物問屋浅尾屋の、今朝の商いの金勘定で青物問屋の帳場に詰めている。儀助が脇本陣の帳場を離れている間、金の出し入れはお澄さんがまかされているのだ」

「お澄に金を出してもらうのですか。男として情けないような、何ともいえない気分ですね」

「何をくだらないことをいっているのだ。大奥の御年寄のなかには、幕閣で権勢をほしいままにする御老中も頭の上がらないほどの権力を持つ御方もいるのだぞ。職責に男と女の区別はない」

「それは、それで、よくわかるのですが、どうも」

何か物言いたげな英次郎にかまわず十蔵がいった。

「それと、もうひとつ。お道に、聞き込みにまわっている伊八を見つけだして、すぐに覚然さんの庵にくるようにと私がいっていた、とつたえさせてくれ」

「わかりました」

「早く行け」

「委細承知」

脇に置いた大刀を手にとって英次郎が立ち上がった。

庵から出て行く英次郎を見向こうともせず十蔵が塚田に向き直った。

「塚田さん、これで身請けの金の手配はついた。後は、砂倉屋相手に、どういう具合に身請け話をすすめるか段取りを話し合わねばなりませぬな」

「段取りというと」

「お春を身請けするのは私ではない、塚田さんだ。話し合いの場に出てもらわねばなりませぬ」

「まさかお春を、砂倉屋へ同道しようというのではあるまいな」

「足抜きしたお春が顔を見せたら、おさまる話もおさまりますまい。砂倉屋にも食売旅籠の主人としての面子《メンツ》がありますからね。少しでも弱腰なところを見せたら、食売旅籠仲間に顔向けができないし、ことによっちゃ笑いものにされる。女の躰を売り買いするのが食売旅籠の稼業だ。世間並みの道理は通じない」

「世間並みの道理は砂倉屋には通用しないというのか」

「少なくともお武家さんの道理が通用する相手ではありません。病が癒《い》えぬ食売女に客をとらせるなど当たり前、さんざん稼がせて病の床に臥して治る見込みのない、役立たずになった食売女に毒を盛って殺してしまう主人もいると聞いています」

「病で寝たきりの食売女に毒を盛るというのか。そんなこと、あるはずがない」

脇からお春が声を上げた。

「あるんです。そんな話を遣り手の婆さんから聞いたことがあります」

「そんな、そんな馬鹿なことがあるなんて。まるでそれでは食売女は犬畜生同然、いや、それ以下の扱いではないか」

「そんな馬鹿なことがまかり通っているのが隠れ里なんですよ。食売旅籠も隠れ里のひとつ。隠れ里は、まさしく苦界。隠れ里に女が売られることを、苦界に沈むというではありませぬか」

膝の上に置いた拳《こぶし》を塚田が強く握りしめた。おもわず力を入れすぎたのか、その拳が小刻みに震えた。

「置いておけぬ。そんな苦界に、これ以上、お春を置いておくわけにはいかぬ」

しぼり出すような塚田の声音だった。

顔を向け、塚田が声を上げた。

「店頭、砂倉屋と話し合う段取りとやらを教えてくれ。指図どおりに動く。どうすればいいのだ」

「覚悟が決まりましたな。まず、これだけはあらかじめ決めておきましょう。話し合って段取りがまとまったら、副役が帰ってくるのを待つ。帰ってきたら、塚田さんと私、副役の三人で砂倉屋に乗り込む」

「承知した。お春のためだ。何でもやる。まず店頭が考えている段取りを聞かせてくれ。おれは不器用な質《たち》だ。できることとできないことがある。できないことをやらねばならぬとなったら、できるまで何度か繰り返し修練せねばならぬ」

「塚田さんは正直なお人ですね。錬磨している閑《ひま》はない。できないとおもったら、はっきり、それはできぬといってください。他のやり方を考えます。砂倉屋との話し合いは一発勝負、しくじりは許されませぬ」

「肝に銘じておく。店頭にまかせる。頼む」

深々と塚田が頭を下げた。

「塚田さん、あんたって人は、あたしゃ、なんて」

誰に聞かせるともなくつぶやいたお春が、さりげなく目頭を押さえた。

幸せものなんだろう、とお春が呑み込んだことばを覚然は、その仕草から読み取っていた。

うむ、と微かにうなずき、

(塚田の有り様は、まさしく思い込み。塚田のおもいが、いつまでつづくか。熱して湯と化した水は、必ず冷めて水に復する。しかし、塚田の熱気、たいしたものだ。お春のこころを揺り動かしている。わしの説法より、はるかに素晴らしい)

そう胸中でつぶやいた覚然が、今度は、感嘆のおもいを籠めて、うむ、と大きく顎を引いた。

脇本陣浅尾屋の土間からつづく、宿泊する旅人が足をすすぐときに腰を下ろす板敷の脇にある帳付け部屋で、英次郎とお澄が向かい合って座っている。

封印つきの小判の山が載せられた敷物代わりの袱紗《ふくさ》が、ふたりの間に置いてあった。

小判を袱紗で包み手にとった英次郎がお澄にいった。

「百両、たしかに預かった」

「本来なら浅尾屋さんの指図書がいるのですが、後で浅尾屋さんが書いてくださるでしょうから、今日のところはいいでしょう。今後は、できるだけ指図書をもらってきてください。商いとは、そんなものです」

「おれも、もう少し商いを学ばなければならぬな。これからも気づいたことがあったら、いろいろと教えてくれ」

突然、お澄が吹き出した。

「何がおかしい」

「他人行儀ないい方は止めてください。あなたとわたしは夫婦なんです。気づいたら何でも教えます。あなたに足りないのは、商人は金が命。金は、武士にとっての刀同様のもの、という心得です。まず、それを覚えてください」

「わかりました」

神妙な顔つきで英次郎がうなずいた。

ふたりの目と目があった瞬間、お澄が、再度、吹き出した。

「なぜ笑う」

訊いた英次郎に、

「だって、あなたが、あんまり素直過ぎるから」

肩をすくめて、お澄が小声で笑った。

「素直過ぎるか」

照れ隠しか、英次郎がことさら神妙な顔をつくって、うむ、と意味もなくうなずいた。

顔を上げたお澄が、それまでとは、打って変わった口調で話しかけた。

「ところで、お道さん、うまく伊八さんを見つけ出せたかしら。あまり時はかけられないんでしょう」

「狭いようでも千住宿は広い。そう簡単には見つかるまい。遅くとも七つ前までに伊八につなぎをつけてもらえれば、何かと好都合なのだが」

「七つまで時がかけられるのなら大丈夫。お道さんは必ず伊八さんを見つけ出します」

「どうして、そういいきれるのだ」

「女の勘です」

「女の勘?」

「あなたがどこにいるかあたしが感じるように、お道さんも感じているはずです。伊八さんがいそうなところの見当はつくはずです」

「それは、どういう意味だ」

「いったでしょう、女の勘だって。女は気になる男の人のことは、二六時中、その人のことをおもっているから、いろいろと、わかるんです」

はっ、と気づいて英次郎が訊いた。

「それじゃ、お道さんは伊八のことを」

「憎からず想《おも》っている。そんなところじゃないかしら。このことは、お倫さんはもちろんのこと、浅尾屋さんも感じていらっしゃる。みんな口に出さないだけ」

「それじゃ十蔵さんはどうなるんだ。十蔵さんが気の毒じゃないか」

「それは、どうかしら。あたしには、よくわからないけど、お倫さんの口ぶりから推察すると、浅尾屋さんは、それほどお道さんのことを気にしていないような気がする。浅尾屋さんは、案外、薄情なのかもしれない」

「お道さんのことを十蔵さんが気にしていないはずがないじゃないか。お道さんは十蔵さんの」

いいかけた英次郎のなかで弾けるものがあった。

次の瞬間、かつて十蔵がいった、

「ただの、人助けさ」

ということばの、奥底に潜む意味の深さを英次郎は感じとっていた。

同時に英次郎は、剣の達人ともいうべき十蔵が、夜這《よば》い同然のことを仕掛けてきたお倫やお道をそれほど拒むこともなく受け入れた、その行為の持つ意味を、自分なりに読み解いたともおもった。

梶派一刀流梅津道場の師範代だった頃、十蔵は、勝負を挑んできた相手を拒むことなく、師の梅津多聞には内緒で、密かに真剣での果たし合いにのぞんでいた。

そんな果たし合いの有り様を、英次郎は十蔵から聞いたことがある。

「命がかかると人はそれまでにない動きをするものだ。真剣での勝負は、どんな手を使っても生きたい、死にたくない、とおもう気持ちが強い者が勝つ。命を永らえたいとの必死さがおもわぬ力を、おのれに与えるのだ。果たし合いにのぞんだとき、おれは相手の必死さを探ることから始める。幸いなことに、おれはいままで、おれ以上に、生きたい、と望む相手と命のやりとりをしたことがない。だから、こうして生きている」

そのときの十蔵の真摯な面持ちは、いまでも英次郎の脳裏に焼き付いている。

急に黙り込んだ英次郎を不安げな、探るような眼差しでお澄が見つめている。

気づいて英次郎が笑いかけた。

「お澄のいったことばの意味が、おれなりにわかったような気がする」

そのことばに応えることなく、お澄が微笑《ほほえ》みを返した。

笑みをたたえた英次郎が、お澄を見つめた。

お澄が見返す。

ややあって……。

別れがたい気持ちを断ち切るように、英次郎が告げた。

「出かける」

脇に置いた大刀に英次郎が手をのばした。

五

庵に英次郎がもどって、小半刻（三十分）もしないうちに伊八がやってきた。

女の勘、とお澄がいっていたが、どうやらお道の、女の勘とやらが働いたようだ。

伊八の顔を見たとき、英次郎は胸中で、おもわずそうつぶやいていた。

庵の一隅にお春と塚田が座っている。少し離れて十蔵、英次郎、覚然、伊八が円座を組んでいた。

「わしは庵にいて、塚田さんが帰ってくるまでお春の用心棒をつとめていればいいのだな」

念を押した覚然に十蔵がいった。

「覚然さんには役不足かもしれないが、お春のそばにいてくれ」

「庵にいればいいのだ。これほど楽なことはない。ありがたい話だ」

笑みを浮かべた覚然に笑みを返した十蔵が、顔を英次郎と伊八に向けた。

「英次郎は私や塚田さんと一緒に砂倉屋へ乗り込む。伊八は砂倉屋を張り込んでくれ。私が乗り込んだことで砂倉屋が動きだすかもしれない。砂倉屋を出た後は、英次郎も伊八とともに張り込むのだ」

「承知しました」

と英次郎が応えた。伊八が問いかける。

「砂倉屋か砂倉屋の使いが訪ねた先の誰かが、砂倉屋と一緒に出てきて二手に分かれて動き出したら、どちらをつければいいか、あらかじめ聞いておきたいんで」

「訪ねた先の誰かをつけてくれ」

「そうしやす。さっき女衒の鎌三がお春に足抜きするようすすめたと聞きましたが、髪結いの三五郎から聞き込んだ鎌三と勘助、助五郎の三人が売る女も連れずに千住宿にやってきて、数日ほど宿場内をうろついていたこととかかわりがあるかもしれやせんね」

「私もそうおもう。鎌三、勘助と助五郎の住まいがどこか調べねばならぬな。食売旅籠の奉公人のなかには知っている者もいるのではないか」

「いるでしょう。三人みんなの住まいは知らなくても、そのうちのひとりの住まいを知っている奴はいるはずです。番頭や遣り手婆を虱潰《しらみつぶ》しにあたっていけば何とかなるんじゃねえかと」

「砂倉屋の張り込みの具合で、伊八と英次郎の動きは変わってくる。女衒たちのことは、お倫に調べさせるしかあるまい」

「とりあえず鎌三の住まいを突き止めて乗り込むか、住まいにいなければ、どこへ出かけたか行方を追い、鎌三の身柄を押さえて、お春に足抜きさせるよう仕組んだ狙いがどこにあったのか、白状させなきゃ前にすすみませんね」

「そのとおりだ。私は、今日、砂倉屋に鎌三がお春に足抜きするようにすすめたことを話す。砂倉屋が、どう動くか楽しみだ」

「抜かりなく張り込みやす」

目を光らせて伊八が応じた。

「私たちが砂倉屋を出たときに、張り込んでいる伊八がいないということもありますね。そのときは、私はひとりで張り込み、砂倉屋か番頭が出てきたときにはつけて、どこへ行くか突き止める。そういう動きでいいですね」

「そうだ。砂倉屋を出たときに、近くに伊八がいるかどうかたしかめる。伊八がいないときは、私の動きも変わってくる。いまのところは隅田一家と地蔵一家に乗り込み、足抜きした食売女の調べがどの程度すすんでいるか問いただすつもりだ。地蔵一家は金をもらって手を引いたといっているが、陰で動いていることもあり得るからな」

無言で英次郎と伊八がうなずいた。

「さて、話は終わった」

振り返って十蔵が塚田に声をかけた。

「塚田さん、出かけましょう」

「承知した」

大刀を手にした塚田がお春にいった。

「身請け話をまとめてくる。店頭にすべてまかせてある。心配しないで待っていてくれ」

立ち上がった塚田が大刀を腰に差しながら、すでに土間に降り立って待っている十蔵たちへ向かって歩を運んだ。

肩をならべて十蔵と塚田、少し離れて英次郎が歩いていく。半歩遅れてすすんできた伊八が足を止めた。

気配に気づいて十蔵たちが立ち止まる。

浅く腰をかがめて伊八が声をかけた。

「ほどなく砂倉屋、あっしはここで別れて張り込む場所を探します。店頭さんたちが砂倉屋から出てきなすったら、人目につきにくいところで、あっしから声をかけます」

「頼む」

応えた十蔵に背中を向けた伊八が、町屋の陰に姿を隠した。

そんな伊八を見向こうともせず十蔵が塚田に声をかけた。

「行きましょう」

歩き出した十蔵に塚田と英次郎がならった。

主人の控部屋で砂倉屋と向かい合って十蔵と塚田が、十蔵の斜め後ろに英次郎が座っている。

「それじゃ話の筋が通らない。幾ら塚田さんが店頭の知り合いでも、こんどのお春の身請け話をすんなりと受け入れるわけにはいかないね。身請け主の塚田さんとお春は手に手をとって足抜きしたんだ。うちの抱え女を足抜きさせといて、いまさら身請け話もないもんだ」

居丈高に吐き捨てて砂倉屋がそっぽを向いた。

「それにはいろいろとわけがあるのだ。話を聞いてくれ」

身を乗り出して塚田が話しかけた。

「話す前に、お春を砂倉屋に返すのが筋じゃないのかね。幾ら御家人でも筋を外してもいいという御法度はないはずだ」

取りつく島もない砂倉屋の剣幕だった。

「店頭、どうしたらいいだろう」

途方にくれたように塚田が訊いた。

うむ、とうなずき十蔵が砂倉屋に顔を向けた。

「砂倉屋さん、塚田さんの話を聞かなくてもいいのかい」

「筋の通らないことをやらかした相手だ。たとえ御家人でも、話を聞く気にならないね」

「砂倉屋さん、なるべく事を荒立てないようにしようとおもって口に出していない話もあるのだ。おまえさんの落ち度になる話かもしれないよ」

目を剝いた砂倉屋が十蔵を睨みつけた。

「奥歯に物がはさまったような物言いはやめてもらいてえな。幾ら店頭でも、そんな言い方はしないでくれ」

「そうかい。なら、はっきりといわせてもらうが、お春を砂倉屋さんに売った女衒の鎌三は、砂倉屋さんに長年出入りしている男だったね」

「そうだよ。それがどうした」

「私のほうでも調べにかかっているがね。その鎌三がお春に、足抜きするように何度もすすめたというんだ。こんなことはいいたくないが、鎌三は、砂倉屋の旦那は血も涙もない人だ」

瞬間、十蔵のことばを遮って、砂倉屋が声を荒らげた。

「何だって。血も涙もないとは、何て言いぐさだ。勘弁できねえ」

苦笑いして十蔵が応じた。

「私に怒ったって、しょうがないよ。私が、いったわけじゃない。お春も聞いただけだ。いったのは、砂倉屋さん、おまえさんが長い間、連れてきた娘たちを買ってやっていた女衒の鎌三だよ」

血も涙もないと鎌三がいっていた、と十蔵が話して聞かせたことは、砂倉屋を怒らせるための作り事だった。もともと粗暴で短慮なところのある砂倉屋の気性を呑み込んだ上での十蔵の仕掛けでもあった。

「鎌三は、残る年季の一年足らずを身を粉にして働いても、砂倉屋の旦那のことだ、年季明けのときには鐚《びた》銭一枚の餞別《せんべつ》も渡さないだろうよ。それより足抜きして、他の見世に一年だけの年季奉公をすれば、それなりの金が手に入る。どうだい。ここは思案のしどころだぜ、と持ちかけてきたそうだ」

「お春もお春だ。鎌三から持ちかけられても足抜きなんかすることはなかったんだ」

苦々しげに砂倉屋が吐き捨てた。

「お春は迷っていたのさ。それで馴染みの塚田さんに打ち明けた。もともと塚田さんはお春を身請けしようと考えていた。話を聞いて塚田さんは、身請けする金をつくろうと走り回ったが鎌三が一方的に段取りをすすめていった足抜きする日取りに間に合わない。それで、ぎりぎりの日の夜に手に手をとって足抜きをした」

「足抜きにいたった経緯はわかった。が、経緯を聞いても、おれの気持ちは変わらないぜ。お春を返してもらおう」

凄んだ砂倉屋が拳で畳を叩いた。

じっと見据えて十蔵がいった。

「砂倉屋さん、鎌三がお春を足抜きさせようとした日は、酒合戦の夜だ。この夜、千住宿の食売旅籠の抱える食売女が七人足抜きした。酒合戦で千住宿が浮かれているときに七人もの食売女が足抜きしたんだ。裏で誰かが仕組んだのかもしれない、と疑念を抱いてもおかしくはない」

「馬鹿馬鹿しい。誰が仕組んだというんだい」

「それを調べているのさ。酒合戦の数日前、女衒の鎌三、勘助、助五郎の三人が、売り物の女も連れずに千住宿にやってきた。足抜きした食売女たちを苅豆屋さんら六軒の食売旅籠に売ったのは、この三人の女衒だということまで調べはついた」

調べがついた、と十蔵がいったのは、駆け引き上のはったりだった。

じっと砂倉屋を見据えて十蔵が告げた。

「女衒たちだけでできることじゃない。食売旅籠の誰かが陰で動いたんじゃないか。そんなことはないと、すぐに打ち消すんだが、なかなか疑念が消えなくてね。砂倉屋さん、そんな動きをしそうな人に心当たりはないかね」

「何てことというんでえ。そんなことを企む奴が食売旅籠仲間にいるはずがねえ。店頭、いっていいことと悪いことがあるぜ」

ことさらに強い口調でいって砂倉屋が口をへの字に曲げて十蔵を睨みつけた。

十蔵が見据え返す。

いつになく鋭い十蔵の眼差しだった。

その眼光の、あまりの強さにたじろいだか、あわてて砂倉屋が目をそらした。

目を砂倉屋に据えたまま十蔵が告げた。

「調べがすすめば、すべてはっきりすることだ。私が砂倉屋さんにいいたいのは、自分が売った食売女に足抜きするようすすめるような女衒を、なぜ出入りさせていたかということなんだよ。砂倉屋さん、おまえさんの目は節穴だったってことになりはしないかね」

「おれの目が節穴だと、いくら店頭だって、ことばには気をつけてもらいてえな」

「店頭は千住宿中の店から安堵金を預かっている。大切な預かり金だ。無駄な使い方はできない。今度の足抜き騒ぎの、少なくともお春に関しては、砂倉屋さん、おまえさんが鎌三の腹黒さに気づいていたら起きなかったことじゃないのかい。自分にも落ち度があったとはおもわないのかい。えっ、砂倉屋さん」

「そいつは、面目ねえとおもってるよ」

「そうかい。私は鎌三、勘助、助五郎の居場所をつきとめて、拷問にかけても事の顚末を洗いざらい白状させなきゃならない。忙しいんだ。お春の身請け話で、これ以上、いいあう気はない。お春を幾らで買ったんだい」

「年季は五年で四十両だ」

「五年で四十両か。残る年季は一年たらず。五年のうち四年が過ぎている。お春は躰で稼いで八割がた、前借金を返したことになる。残りは八両。色をつけて十両で手を打ってくれねえか。身請け金十両、砂倉屋さんに損はないはずだ」

「しかし、隅田一家にお春を連れもどすための金を使ったし、その分は」

「そいつはいいっこなしだ。責めの半分は鎌三を信用した、砂倉屋さんにある。何なら、事を表沙汰にしてもいいんだぜ。いい加減な女衒を出入りさせていたとなると、問屋場に詰める町役人衆に、砂倉屋さんは食売女を抱えて商いするには眼力が足りないという見方をされるかもしれない」

「おれを、脅すのか。抱える食売女の数を減らすつもりか」

「いったはずだ。私は安堵金を預かっている。商いの眼力がないとはっきりしている者に商いをつづけてほしくないのさ。揉め事を起こしそうな者に商いをやらせれば安堵金をどぶに捨てるようなことになりかねない。千住宿のためにも、そんなことはできない」

息を呑み、首を突き出して、無言で砂倉屋が十蔵を見据えた。

十蔵が見返す。

傍らで見やる英次郎が、驚いたほどの、いつもと変わらぬ穏やかな十蔵の眼差しだった。

息を吐いて、砂倉屋が力なく肩を落とした。

「わかったよ。身請け金十両で手を打とう」

「塚田さんから身請け金を預かっている。お春の証文と引き替えに身請け金を払おう。証文を出してくれ」

「お春の証文は別の部屋にしまってある。とってくるから、ちょっと待っていてくれ」

「ああ、いつまでも待っているよ」

応えも待たずに立ち上がった砂倉屋に十蔵が声をかけた。

座敷から砂倉屋が出ていったのを見届けた塚田が十蔵に身を寄せて、小声で話しかけた。

「これでお春を身請けできた。一件落着、うれしいかぎりだ」

振り向くことなく十蔵が応えた。

「まだ終わってはいませんよ」

「終わっていない、とは」

「身請け金十両と引き替えにお春の証文を受け取ったら落着です。それまで待つしかない」

「そうか。まだ終わっていないのか」

独り言のようにつぶやいて塚田が畳に目を落とした。

小半刻近く過ぎて、砂倉屋が姿を現し、開け放してあった戸障子の廊下側から声をかけてきた。

「いや、お春の証文を探すのに手間取ってね。年季が明けるまで一年近くあるので、証文をしまいっ放しのまま、どこに入れたか、忘れちまったんだよ」

「見つかってよかった。さ、取引をすまそう」

懐から袱紗包みを取り出した十蔵が、包みのなかから十両を抜き出した。袱紗包みを懐に入れる。

向かい合って座りながら、ちらり、と膨らんだままの袱紗包みに目を走らせた砂倉屋が、懐から証文を取り出し、十蔵の前に置いた。

十蔵が証文の横に十枚の小判を積んだ。

たがいに手をのばし、十蔵が証文を、砂倉屋が十両を手に取った。

小判を砂倉屋が数え、十蔵が証文に目をとおす。

「お春の証文に間違いない」

振り向いて、十蔵が塚田に声をかけた。

「お春の証文、もう少しの間、私が預からせてもらいますよ」

「すべてまかせる」

うなずいて塚田が安堵の溜息をついた。

証文を二つに折って十蔵が懐にいれる。

「身請け金十両、たしかに受け取った。受け取りを書こうか」

「お春の証文を返してもらったから急がなくてもいいが、後日の証《あかし》のために、書いてもらいましょう。あとで店頭詰所の手先に取りにこさせますよ」

「いつでも手渡せるようにしておくよ」

「引き上げましょう」

立ち上がった十蔵に英次郎と塚田がならった。

砂倉屋を出て、少し行ったところで英次郎が十蔵に声をかけた。

「伊八、声をかけてきませんね」

歩みを止めることなく十蔵が応じた。

「砂倉屋から誰かがあわてて出ていったのだ。伊八は、そいつをつけていったのだろうよ」

「小半刻ほど部屋からいなくなった間に、砂倉屋が動いたのですね」

「おそらく文を書いたのだろう」

「私は、ここで別れて砂倉屋を見張ります」

「そうしてくれ。私は覚然さんの庵にもどって、お春の身請け話の後始末をして隅田一家から地蔵一家へと足を運んで聞き込みをし、脇本陣へ帰る。お春は今夜のうちに脇本陣に移ってもらうつもりだ」

「それでは、これで」

目礼して英次郎が十蔵に背中を向けた。

見送ることなく歩を運びながら十蔵が塚田に声をかけた。

「庵へ急ぎましょう。お春が待っている」

「これで落着だ。お春は自由の身になったんだ」

明るい声を上げた塚田に十蔵が告げた。

「まだ落着していませんよ。塚田さんにやってもらわなきゃならないことが残ってい
る」

「おれがやること？」

「貸した金の金高を証文に書き込んでもらわなきゃいけないし、どうやって金を返し
てもらうか話し合わなきゃいけません。身請け金はあくまでも貸した金、あげたわけ
ではありませんよ」

「わかっている。借りた金は返さなければいけない。そのことは、よくわかってい
る」

神妙な顔つきで塚田が応えた。

その後、ふたりが口を利くことはなかった。

歩調をゆるめることなく十蔵と塚田が歩いていく。

渡し場

一

庵《いおり》の一隅、壁に背をもたせかけて覚然が胡座《あぐら》をかいている。

筆を手にした塚田が証文に金十両と書き込んで顔を向け、

「利息の割合と、いつまでに返せばいいかについては、まだ話し合っていないが」

前に座っている十蔵に問いかけた。

「そうでしたな。まだ話し合っていませんでしたな」

首を傾《かし》げて十蔵が、ことばを重ねた。

「金の返し方を書いてない証文はありませんな」

と独《ひと》り言《ご》ちて、さらにことばを重ねた。

「こうしましょう。利息はとりません。ある時払い、と書き込んでくださいな」

「ある時払い？　ほんとに、それでいいのか」

「催促なし、と書き入れると、差し上げたのと同じようなことになる。催促する余地は残しておきましょう。塚田さんとお春の新しい門出にたいするご祝儀がわりです」

「店頭《たながしら》、すまぬ。恩に着る」

深々と塚田が頭を下げ、

「店頭さん、このとおりです」

胸の前でお春が手を合わせた。

笑みを向けて、十蔵が話しかけた。

「塚田さん、お春のことですが、私に奉公先を世話させてくださいな。浅尾屋が奉公人を欲しいときに頼む口入れ屋がいる。その口入れ屋にお春の奉公先を探してもらうつもりです。お春を堅気の御店《おたな》に奉公させようとおもっているんですよ。どうでしょう」

「願ってもないことです。よろしくお願いします」

身を乗り出してお春が床に額をすりつけた。

横目でお春を見て、塚田が口ごもった。

「おれがお春の奉公先を探すつもりだったが、お春も乗り気のようだし、店頭にお任せする」

「お節介な質《たち》でね。ついつい出しゃばってしまう。われながら悪い癖だ」

笑みをたたえて十蔵がいった。

「世話になる」

「ただただありがたくて、ご恩は一生忘れません」

相次いで塚田とお春が声を上げ、再び頭を下げた。

顔を上げた塚田が十蔵に話しかけた。

「さっき砂倉屋でおれたちが足抜きした夜に、お春を入れて七人食売女《めしうり》が足抜きしたと聞いたが、行方の目当てはついているのか」

「隅田一家の子分たちが調べをすすめているようですが、おそらく足取りの手がかりもつかんでいないんじゃないかと。やくざどもは街道筋を中心に調べているはず」

「川ではないのか。舟を仕立てて隅田川を逃げ道がわりに使ったのではないか」

「七人のうちのひとりはお春、もうひとりは心中して相方の男と重しがわりの石をたがいの足に縛りつけて千住大橋近くの隅田川の川底に沈んでおりました。残る五人が一緒に逃げたのならともかく、それぞれが勝手な道筋を選んで逃げたとなると、舟を仕立てるなど、まず考えられません。それと」

「それと?」

「食売女と男の骸《むくろ》を引き上げたときに漁師たちに聞いたのですが、足抜き騒ぎの夜に舟を仕立てた客はいなかったという話でしたな」

「そうか。たしかに、ひとり、ひとりで逃げたとすれば舟を仕立てないだろう。金がかかりすぎる。そう考えると、あいつから聞いたことも耳よりな話にはならぬな」

誰に聞かせるともなくつぶやいた塚田のことばが十蔵をとらえた。

「あいつから聞いた話というと」

「おれの幼なじみの御家人仲間が隅田川組番番士で千住の隅田川組番屋敷に詰めているのだ。お春を足抜きさせた翌日の夜、おれはその隅田川組番番士のところに遊びにいった。鷹野鳥見屋敷にいると前夜、外に泊まったことについて上役からねちねちと小言をいわれて耐えられないからだ」

「その幼なじみの番士が、耳よりな話を聞かせてくれたわけですね」

「耳寄りな話かどうかわからぬが、そいつは、その日上役に舟の掃除を強引に手伝わされたという。何でも、その上役は前夜、夜釣りに出かけて舟を汚してしまったので綺麗《きれい》にしなければならぬ、といって幼なじみに命令口調でいってきたらしい。悪いことにその上役は小野派一刀流の免許皆伝で逆らうと何かと意地悪を仕掛けてくる厭《いや》な奴らしい」

「食売女たちが足抜きをした日に、その上役は夜釣りに出かけていたというのですね。

幼なじみの番士さんは、上役のどこかに奇異な感じを持たれた、そういうことですか」

「舟だ。ひとりで出かけた夜釣りなら、一回り小さい舟でよかったのではないか、とおもったそうだ。上役が夜釣りに出かけたとき乗った舟は、ゆうに十数人は乗れる舟だったというのだ」

「ひとりで出かけた夜釣りに、十数人乗れる舟を使ったのですか。他の舟は誰かが使っていたんですか、それとも何らかの理由で使えなかったわけですか」

「御上場《おあがりば》に係留してある舟は、その夜は、上役が夜釣りに使った舟以外は一艘《そう》も使っていなかったそうだ」

「それは、みょうな話ですね」

「そうだろう。幼なじみは、夜釣りに使った舟の船床のあちこちに泥がこびりついていて、泥を落として綺麗にするのが大変だった、といっていた」

「夜釣りにいった上役の名をご存知ですか」

「それが、わからないのだ。幼なじみは上役としかいわなかった。何なら、幼なじみに上役の名を聞いてこようか」

「それには、及びません」

「少しは役に立ちそうか、この話は」

「耳寄りな話を聞かせてもらいました。私のほうで、調べてみますよ」

笑みをたたえて十蔵が応じた。

「ところで、そろそろ出かけますか」

「どこへ」

「今夜からお春には、奉公先が決まるまで脇本陣浅尾屋と棟続きの私の住まいの一間で暮らしてもらいます。塚田さんも、今夜はお春にあてがう部屋に泊まられればいい」

笑みをたたえて十蔵がいった。

顔を向けて十蔵がことばを重ねた。

「覚然さん、塚田さんとお春を脇本陣浅尾屋へ連れていってくださいな。これからしばらくの間、お春に住まいの一間で暮らしてもらいます。あいている部屋をお春にあてがい、夜具一式も揃《そろ》えてやるように、と私がいっていたとお道につたえてもらいたい。それと」

「鈴木さんを探し出して話を聞いてくればいいのだな」

にやり、と意味ありげな笑いを覚然が浮かべた。

「頼みましたよ」

うなずいた十蔵が笑みを返した。

目を塚田とお春に移して、十蔵がことばを重ねた。

「塚田さん、お春、覚然さんと一緒に脇本陣浅尾屋へ移ってもらいたい。私は行くところがある。庵を出たところで別れましょう」

「世話をかける」

「店頭さん、何もかも面倒をみてもらって、何とお礼をいったらいいか」

ほとんど同時に塚田とお春が声を上げた。

「それでは、出かけますかな」

笑みをたたえて十蔵が立ち上がった。


すでに半刻（一時間）近く過ぎ去っている。

砂倉屋の出入りを見張ることができる町屋の陰に、英次郎は身を潜めている。

砂倉屋の前には客にあぶれたのか三人の食売女が道行く男たちに声をかけたり、袖をつかんで、なかに連れ込もうとしている。

平旅籠《はたご》はもちろんのこと食売旅籠に泊まる旅人たちは、遅くとも七つ半（午後五時）には旅籠に入っている。いま、宿場の通りをぶらついているのは、食売女たちとの一夜の遊びを楽しもうとやってきたか、通りで客引きしている食売女たちを冷やかしにきた男たちであった。

千住の安女郎、と呼ばれ、安手に食売女と遊ぶことができる色里でもある千住宿は、稼ぎの少ない男たちの溜《た》まり場でもあった。男たちのなかには一文の金も持たずに食売旅籠に上がり込み、さんざん食売女と楽しんだ後、

「金がない」

と開きなおったあげく、

「旅籠で働いておれの躰《からだ》で払う。勘弁してくれ」

と頼み込む輩《やから》もいた。

食売旅籠も心得たもので、そんな男たちを軽子《かるこ》や人足たちを手配するやっちゃ場の口入れ屋〈橋戸屋〉へ連れて行き働かせて日傭賃《ひようちん》をとった。ただ遊びした男たちは、懲らしめの意味もあって、働いている間は飯にありつけず水を飲むだけで遊び代に達するまで野宿しながら働きづめに働かされた。空腹に耐えかねて握り飯のひとつでも食べたりすると、法外な飯代を払わされ、その代金は日傭賃から差し引かれた。

そんなひどいめにあった男たちの噂《うわさ》が流れても、食売女と遊ぶために千住宿にやっ

てくる男たちは絶えなかった。

通りに建ちならぶ、あちこちの食売旅籠の前で繰り広げられる、客をとるのに必死な食売女と男たちのやりとりは、見慣れている英次郎でも顔をしかめるほどのものであった。

食売女たちが左右から男の腕を引っ張りあい、力余って袖《そで》を引きちぎるなど日常茶飯事、なかには男にしがみついて、取っ組み合いさながらに店に引きずり込む食売女もいた。

(食売旅籠の主人たちから決められた日々の金高を、どんなことをしても稼ぎ出すよう強いられている食売女たちは、それこそ死に物狂いなのだ)

胸中で英次郎はつぶやいていた。

客引きをする食売女たちをかきわけるようにして旅籠のなかからひとりの男が出てきた。

男は砂倉屋だった。

羽織をまとっているところをみると、誰かを訪ねていくのだろう。

気づかれないほどの間を置いて、英次郎が通りに出てきた。

砂倉屋をつけていく。

小半刻（三十分）の半ばもしないうちに砂倉屋は、そぞろ歩く男たちに声をかける数人の食売女のそばを歩調をゆるめることなくすり抜けて、茹豆屋へ入っていった。

砂倉屋が出てくるまで待つ。そう腹をくくった英次郎は周りに目を走らせた。

張り込むのに格好の場所を見いだした英次郎は、茹豆屋とは、通りをはさんで斜め前に建つ平旅籠の脇にある通り抜けへ向かった。

その頃、十蔵は隅田一家の奥の間で、親分の為造と向き合って座っていた。

「店頭は千住宿の評判を落とさないために働いている。足抜きした女たち六人の調べのすすみ次第では、代官や下役、道中奉行の用人、下役にも鼻薬をかがせて見て見ぬふりをしてもらうように働きかけなきゃいけない。親分には、包み隠さず話してもらいたいものだ」

「店頭、正直なところ、今度の足抜き騒ぎには解せないことが多いんだ」

「解せないこと？」

鸚鵡《おうむ》返《がえ》しをした十蔵に為造が応《こた》えた。

「七人の食売女が足抜きをした。そのうちのひとりは心中し、ひとりは、いま店頭から聞いた話で身請《みう》けされたとわかった。残る五人については、実のところ、身動きができねえ有様なんだ」

「身動きができない。なぜだね」

「茢豆屋さんはじめ砂倉屋、新田屋さんから調べに行く金が出ないのさ、日原屋、中里屋さんにいたっては一文も出ない。その上、言いぐさがふるっている。どこへ逃げたか、千住宿のなかでも足取りがつかめないのに、どうやって探すというんだい。金が幾らかかるか見当がつかないじゃないか、という話だ。日頃から手当をもらっているとはいっても、それほどの金高じゃねえ。自腹を切ってまでやることじゃねえよ」

「五人の食売女たちの足取りがつかめないなんて、そんなことがあるのかね。五人いれば五人の足取りがあるはずだ。聞き込みをかけたら、どこかで拾えるはずだ。五人が千住宿から出た様子はないんだろう」

「出たとはおもえねえ。街道筋の江戸口、草加口はもちろんのこと、水戸街道、下妻街道の分岐には一家の息のかかった奴が住んでいる。そいつらに聞いても、変わったことはないといっている」

「隅田川沿いに逃げたということはないかね」

「それはないだろうよ。隅田川沿いにすすむとしても千住大橋を渡って加宿へ入ったとはおもえねえ。千住宿の手前の川沿いには隅田川組番の詰める勤番屋敷や将軍さまの御上場、鷹野と、見咎《みとが》められたら斬《き》り殺されても文句はいえねえ場所がつづく」

「その先には鶴寄場もある。鶴寄場は鳥見役が頻繁に見廻《みまわ》っているところだ。荒れ野だし猪《しし》もいるだろう。女がひとりで逃げるには難しい道筋だな」

「隅田川を舟で逃げたとも考えたが、示し合わせて足抜きしたとも考えにくいし、漁師に頼み込んで漁《いさ》り舟を仕立てるには金がかかる。水路はあるめえ、と考えたが、いちおう漁師にも訊《き》いてみた」

「私も訊いたが、舟を出した漁師はいなかった。漁師仲間で口裏を合わせたともおもえないし、残るは御上場につないである見廻りや御上場の周りの川筋を整えるために使う舟だ」

「御上場の御用舟が食売女の足抜きに使われるなんて、そんなこと、あるはずがねえ。調べても無駄骨に終わるだけだ」

「足抜きした食売女をひっつかまえて連れもどすことには慣れている為造親分も、今度ばかりは手こずっているようだね」

「軍資金も不足している。手も足もでねえ、というのがほんとうのところでさ」

　ふてぶてしい笑いを為造が浮かべた。

「どうやら掛け値なしの話を聞かせてもらったようだ。ありがとうよ」

笑いかけて十蔵が立ち上がった。

半刻後、地蔵一家から出てきた十蔵は足を止めて、振り返った。

地蔵一家の親分万吉は、

「今度ばかりは、橋向こうの食売旅籠の旦那衆《だんなしゅう》の扱いには呆《あき》れましたぜ。呆れすぎて腹を立てるのも馬鹿馬鹿しいほどで。最初は店頭の許しが出ないんで隅田一家を動かしにくい。目立たぬように足抜きした女の行方を追ってくれないかといってきた。が、店頭の許しが出た途端、いままでの付き合いがあるんで隅田一家に動いてもらうことにした。これは少ないが、いままで動いてもらったお礼だと、雀《すずめ》の涙ほどの金をもらったきりで、何の音沙汰《おとさた》もねえ。いまでも腸《はらわた》が煮えくり返ってますぜ」

怒りが醒《さ》めやらぬ様子で声高にまくしたてたものだった。

面子《メンツ》を潰《つぶ》された。このままなめられっぱなしだと男がすたる。折りがあったら仕返しのひとつもしてやりたい。おそらく万吉はそうおもっているのだろう。

万吉の怒りに嘘《うそ》偽りはないようだった。

地蔵一家に背中を向けて歩き出した十蔵は、伊八と英次郎におもいを馳《は》せた。

この刻限だと、ふたりとも、探索の結果を知らせにくるにしても店頭詰所じゃなく脇本陣浅尾屋に顔を出すはずだ。そう推断した十蔵は脇本陣へ足を向けた。

今後の動きをあれこれと思案しながら、ゆったりとした足取りで十蔵は歩を移していく。

二

脇本陣浅尾屋へ十蔵が帰ったときには、英次郎も伊八も、まだ顔を見せていなかった。

迎えに出たお倫の顔色が尋常ではなかった。

「何かあったか」

廊下へつづく板敷に足をかけながら十蔵が訊いた。

「ここではさしさわりが」

それだけいってお倫が口を噤《つぐ》んだ。

居間で、十蔵とお倫が向かい合って座っている。

「お道は、お春に部屋を手配してくれたのかな」

「覚然さんが連れてきた足抜きした食売女のお春さんと相方の鳥見役さんには離れ近

くの、日頃は旦那を訪ねてきた客を泊める座敷をあてがっておいたよ。その部屋でもよかったんだろう」

「お春がいるのは、長くても十日ほどだ。空いている部屋なら、どこでもいいのさ。それより、見聞きしてきたのはどんな話だ」

「女衒《ぜげん》の助五郎が昼過ぎに苅豆屋に姿を現したんだよ。きたのは昼の八つ頃、苅豆屋さんと会って、半刻ほど話していたそうだよ。いつも愛想のいい助五郎が、何やら機嫌が悪い様子だった、と遣り手の婆さんがいっていた」

「そうか。助五郎が苅豆屋にやってきたのか。で、いまも、助五郎は苅豆屋にいるのか」

「それが夕の七つ半に出たきりもどってこないというのさ」

「どこへ行ったかわからないだろうな」

「行く先はいわなかったそうだよ。小半刻ほど前、気になったので苅豆屋へ助五郎がもどってきたかどうか、たしかめにいったんだよ」

「まだもどってきてなかったんだな、助五郎は」

「そうなんだよ。で、遣り手の婆さんに小粒を握らせて、助五郎の泊まっている部屋を見にいってもらったのさ」

「荷物はあったんだな」

「そうなんだよ」

「知り合いを訪ねて、そのまま酒でも呑《の》み始め、ついつい帰りそびれたのかもしれぬ。明日には帰ってくるのではないか」

「それならいいんだけど」

「どうしたんだ。いつものお倫らしくないぞ。気になっていることを、はっきりいったらどうだ」

「このまま助五郎は帰ってこない。そんな気がしてるんだよ」

「助五郎は、すでにこの世の者じゃない、とでもいいたいのか、お倫は」

「そのとおりだよ」

「助五郎に殺されてもおかしくない理由があるのか」

「助五郎だけじゃない。鎌三、勘助ら女衒たちは、いつ殺されてもおかしくないんじゃないか、とそんな気がしているんだ」

「今日聞き込んだ結果、三人の女衒が、いつ殺されてもおかしくないとお倫におもわせるほどのことが出てきたんだな」

「足抜きした食売女をいま働いている食売旅籠に売ったのは鎌三、勘助、助五郎の三人なのさ」

「そうか。お春も足抜きするよう鎌三がしつこく迫ってきた、といっていた。今度の七人の足抜き騒ぎを仕組んだのが女衒たちだとしたら、仲間割れかもしれぬな」

「そうおもうだろう。仲間割れしかかって、鎌三か勘助のどちらかが助五郎と会って話しているうちにこじれて、命を奪う。よくある話さ。盗人《ぬすっと》として世渡りしていた頃に身についた勘というやつが働いて、助五郎は殺されたと告げているのさ」

「女盗人の頃、培った勘働きか。助五郎の骸《むくろ》が、千住宿のどこかに転がっているかもしれないな」

「明日も聞き込みに出るから、助五郎が出入りしていた食売旅籠の食売女や遣り手、奉公人をつかまえて助五郎を見かけたかどうか訊いてみるよ。足取りがわかるかもしれない」

「そうしてくれ。しかし、英次郎も伊八も音沙汰なしか。張り込みが長引いているのだろう。お倫の見立てどおり助五郎が殺されていたら、足抜き騒ぎの調べ、かなり手こずりそうだな」

うむ、と十蔵が首を捻《ひね》った。

苅豆屋を見張ることのできる町屋の陰で、英次郎は張り込んでいる。

遊びにきた男たちの姿は、ちらほら見かけるほどに減っていた。あぶれた食売女たちは、相変わらず、それぞれが抱えられた食売旅籠の前で男たちに声をかけている。なかには声を張り上げすぎて、かすれ声になっている食売女もいた。

あぶれた女たちのなかには、見せしめのために夕飯を抜かれる者もいると聞いている。

哀れな。躰を切り売りするしか生きる術《すべ》をもたない食売女たちの暮らしぶりを見るたびに、英次郎は何もしてやれない自分の無力さを思い知らされていた。

客引きをする食売女たちの、客に呼びかける声が次第に少なくなっていく。

まだ砂倉屋は出てこない。

待つ。ただ待つしかない。そうこころに言い聞かせ、英次郎は苅豆屋を凝然とみつめた。


暗い。

足下もさだかでない道を、伊八は前を行く男に目を据えて歩を運んでいる。

砂倉屋から出てきた番頭を伊八はつけつづけた。番頭は、飛鳥山《あすかやま》の麓《ふもと》から王子権現の裏手までつらなる料理茶屋の集まる一角の外れにある瀟洒《しょうしゃ》な建家に入っていった。

大店の主人が隠棲《いんせい》して住む隠居所といった風情の町屋だった。

大木の後ろに身を置いて、伊八は隠居所風の住まいに目を注ぐ。

ほどなくして番頭が住まいから出てきた。

番頭が隠居所らしき町屋にいたのは、わずかな間だった。おそらく砂倉屋からの文でも届けにきたのだろう。

番頭はやってきた道をもどっていく。

その後ろ姿を見送りながら、伊八は住まいに目を移した。

どんな人物がその建家に住んでいるか、伊八には見当がつかなかった。

が、その屋の住人は必ず出てくる、との確信が伊八にはあった。

泊まりの客がいるのか、茶屋にはまだ明かりが灯《とも》っていた。夜も更けている。茶屋もさすがに三味線に鉦《かね》や太鼓の鳴り物は控えているようだった。

音無川《おとなしがわ》のせせらぎが、優しげな水音の調べを奏でている。聞いている者のこころに安らぎを生み出す音色であった。

張り込みをつづけながら、伊八はせせらぎがつくりだす調べに聞き惚《ほ》れていた。

と、その調べを断ち切るように表戸を開ける音がした。

なかから男が出てくる。

小袖を着流した、四十がらみの男であった。夜の闇《やみ》のなかでは、顔立ちははっきりとわからないが、伊八には、中背のがっちりした躰から何やら剣呑《けんのん》な気が発せられているように感じられた。

住まいから通りへ出て男が歩き出す。

大木の後ろから伊八が身を滑らせるようにして現れ出た。道のはしに身を置いた伊八が男をつけ始めた。

橋戸屋の賭場《とば》は、勝専寺《しょうせんじ》の境内の裏手にある橋戸屋の寮の離れで開帳されていた。この勝専寺の鐘楼で打ち鳴らされるのが、千住宿に時を告げる鐘であった。

その賭場の奥の、襖《ふすま》を取り払った小部屋の一服場で覚然は、鈴木与五郎が丁半博奕《ばくち》を終えるのを待っている。

勝ち負け相半ばの有様らしく、隙間《すきま》なく客で埋まった盆茣蓙《ぼんござ》の、壺振《つぼふ》りの前に座った鈴木は、振られた壺があけられて賽《さい》の目がはっきりするたびに喜んだり、顔をしかめたりしながら、だらだらと博奕をつづけていた。

橋戸屋の賭場の客は、やっちゃ場で働く軽子や人足たちが多かった。やっちゃ場の青物問屋を相手に商いすることが多い口入れ稼業の橋戸屋の賭場はいかさまをやらないとの評判をとっている。

日付も変わろうという頃、渋面をつくった鈴木が首を傾げながら盆茣蓙から立ち上がった。

一服場に入ってきた鈴木が、

「覚然さんがやってきて一服場に座ったときから気づいていたんだが、勝負の切れ目がみつからなくて、おもいのほか待たせてしまった」

ことばとは裏腹、そう悪びれた様子もなく小部屋の真ん中に置かれた飯台の前で胡座をかいた。

飯台の上に置いてある茶瓶を手にとり、傍らの角盆に積まれた湯呑み茶碗《ぢゃわん》をひとつとりだして茶を注ぎいれる。

一口、茶を呑んで鈴木が覚然に話しかけた。

「長い間おれを待っていたのには、何かわけがあるのだろう。博奕で負けて、素寒貧になっちまった。金になる話なら、命がかかること以外は何でもやるぜ」

にやり、として覚然が応じた。

「実のところ、鈴木さんが素寒貧になるのを待っていたんだ。みょうなところで口が堅い鈴木さんの舌を滑らかに動かすためには、金の力を借りるしかないとおもっていたんでね」

「みょうなところで口が堅いの、みょうなところというのが引っかかるね。覚然さんの親しいお人が、おれに何か訊きたいのかい」

「図星だ」

「何なら、今から足を運んでもいいぜ。どうせ勤番屋敷の門限はとっくに過ぎているんだ。おれは、夜明けまで時が使える」

「そうだな」

首を傾げた覚然が、ややあって、鈴木に顔を向けてことばを重ねた。

「それじゃいまから出かけるか」

「急ぎの用らしいな。おれの舌を滑らかにするお代、けっこう高くつくかもしれないぜ」

「それはないだろう。口の割りには商い上手の鈴木さんのことだ。ほどのいいところで手を打ってくれるさ」

「さすが覚然坊だ。人の弱みを見透かしていらっしゃる。あまり欲をかきすぎると手に入る金も、逃げ出してしまう。金のことをお足というが、あれは本当だな。寄ってきそうで、すぐに逃げていく。おれは、それの繰り返しだ」

ふっ、と自嘲《じちょう》気味に鼻先で笑った鈴木が茶を一気に飲み干した。

「懐だけじゃなく冷えたお茶を飲むと躰まで冷える。歩いているうちに躰も温まってくるだろう。出かけよう」

身軽い動きで鈴木が立ち上がる。

のっそりと覚然が腰を浮かせた。


その頃……。

茹豆屋の表を見張ることができる町屋の陰で、英次郎は張り込みをつづけていた。

人通りも少なくなり、さすがに客を引くのにも疲れたのか、あぶれた食売女たちもそれぞれそれを抱えている食売旅籠に引き上げていた。

明日は、今夜お茶をひいた食売女たちが平旅籠の前まで出張って強引な客引きをするに違いない。各町にある自身番に触れを回して、半ばしがみつくようにして客を自分の住み込む食売旅籠に引っ張り込もうとする食売女を厳しく取り締まれば、食売旅籠から苦情が出るだろう。怪我人《けがにん》が出るか、旅人と大揉《おおも》めに揉めるか、いずれにしても一騒ぎ起きるまで取り締まるわけにもいくまい。それが千住宿の暗黙の決め事でもあるのだ。英次郎は、そうこころに言い聞かせた。

平旅籠は、すでに戸を下ろし、明かりも消して寝静まっている。が、食売旅籠はまだ客を待っているのか明かりをともし、暖簾《のれん》も出したままであった。

ぐるりを見渡した英次郎は、荊豆屋の表に目をもどし、凝然と見つめた。

脇本陣浅尾屋の帳場で十蔵と向かい合って鈴木が座り、ふたりの斜め脇に覚然が控えていた。

「夜釣りが好きで、御上場に繋《つな》いである作業舟を勝手に使ってる剣の使い手の隅田川組番の番士か。おもいあたらないでもないが」

探るような上目遣いで鈴木が十蔵を見やった。

懐から銭入れを取り出した十蔵が、一両抜き取り、懐に銭入れをもどした。

手にした一両を十蔵が鈴木の前に置いた。

「どうですかな。裸で失礼だとはおもうが、このほうがわかりやすい。これで、夜釣りの好きな番士の名をおもいだしてもらえませぬか」

「名前をおもいだすだけで一両とは、さすが浅尾屋、気前がいいな」

巾着を懐から取り出した鈴木が小判を手にとった。

一両を入れた巾着を懐にもどしながら、鈴木がことばを重ねた。

「いまおもいだした。川では昼夜を問わず釣りが好きで、陸にあがったら食売女を漁《あさ》りに食売旅籠に通っている小野派一刀流免許皆伝の番士の名は塩崎《しおざき》八十助《やそすけ》。剣の腕が立つのを鼻にかけ、何かと偉そうに振る舞う傲慢《ごうまん》な男だ。おれの大嫌いな野郎でな。塩崎をとっちめるためなら、おおいに手を貸すぞ」

「そんな折りがあったら、鈴木さんに声をかけます。力を貸してくださいな」

「おれは根っからの博奕好きでな。負けて損するくせに、性懲りもなく博奕を打ちつづけている。だから、自慢じゃないが、年中、素寒貧だ。店頭の務めの役に立ちそうな噂話を聞き込んだら、つたえにきてもいいか。話のなかみによって、浅尾屋に値付けをしてもらった金高でいい。持ちこんだ噂話を買ってもらえるか」

身を乗り出した鈴木に、

「鈴木さんが持ち込んでくれる噂話、喜んで買わせてもらいます。賭場にはさまざまな稼業の連中が集まります。賭場はおもいがけない話が拾えるところ、楽しみにしていますよ」

笑みをたたえて十蔵が応じた。

三

苅豆屋の使いが届けたのは、おそらく文だろう。その文に書かれたなかみにしたがって男が動いているのは明らかだ。男をつけながら伊八は、そう推断していた。

右手に、吉祥寺《きちじょうじ》の大甍《おおいらか》が夜空を切り裂いて威風堂々と聳《そび》えている。

男は、広がる田畑を貫くようにつづく吉祥寺の裏手の道を通り過ぎ、右へ折れた。浅嘉《あさか》町片町へ向かっているのだろう。

見渡すかぎりの畑は伊八の動きをむずかしいものにしていた。伊八は道端から畑地に身を置き、姿勢を低くしてすすんでいる。

やがて、道の左右に低木や木々の苗木が間を置いて植えてある一帯にさしかかった。このあたりは植木屋が多い。左右につらなる立ち木は、おそらく植木屋の売り物であろう。

男は、浅嘉町片町の外れ、植木屋の栽培地の端から右へ曲がり、吉祥寺の塀に突き当たる脇道へ入っていった。

道端に身を置いた伊八が立ち木沿いにすすんでいく。

男が吉祥寺の塀沿いに建つ、脇道のもっとも奥にある町屋に入っていった。

道の向かい側、町屋のほうに身を移した伊八が、建家に沿って奥へすすむ。

もう少しで男が入った町屋を覗《のぞ》き見ることができるところへさしかかった伊八の耳に、突然、男の呻《うめ》き声が飛び込んできた。

くぐもった声色であった。大声を出させないよう手拭《てぬぐ》いか何かで口を押さえたが、発せられた声を押さえきれなかったのだ。伊八は、瞬時に、そう判じた。

もはや身を隠しているときではなかった。伊八は地を蹴《け》りとばして、町屋の前庭へ躍り込んだ。

なかに走り込もうとした瞬間……。

なかから飛び出してきた黒い塊が伊八にぶつかってきた。

予期せぬ衝撃だった。

不覚にも伊八は弾《はじ》き飛ばされ、地面に転がっていた。

立ち上がった伊八の目に、道へ走り出ていく男の後ろ姿が映った。

追おうと数歩走った伊八が動きを止めた。

逃げた男の住まいはわかっている。いまは、呻き声を上げた男のところへ行くべきだ。まだ口を利く力が残っているかもしれない。即座に、そう判じた伊八は、向きを変えて、町屋のなかへ飛び込んでいった。

明かりはともっていなかった。

暗がりのなか、伊八が目を凝らす。

土間からつづく板敷、板敷からつらなる畳の間に目を移した伊八は、畳の間の奥、一隅の壁際に倒れている男を見いだした。

駆け寄った伊八が男を抱き起こす。

男が苦しげに喘《あえ》いで、微《かす》かに目をあけた。

「しっかりしろ」

「畜生、勘助の野郎、いきなり匕首《あいくち》で」

「おまえさんの名を、名を教えてくれ」

「鎌、ぞ、う」

「鎌三だと。勘助とは女衒仲間じゃねえのか、なぜ」

「わから、ねえ。袖を口にあてて、刺し、た。勘、すけが」

それまでだった。鎌三の躰から一気に力が失《う》せる。首が力なく、胸元にずり落ちた。

「しっかりしろ。鎌三、話せ。もっと話してくれ」

声をかけながら伊八が鎌三の躰を揺する。

が、鎌三が伊八の呼びかけに応じることはなかった。伊八のなすがままに、ただ躰を揺らしている。

息絶えた鎌三の躰を伊八がそっと横たえた。

ゆっくりと伊八が立ち上がる。

奥へ行こうとして、伊八が足を止めた。

この屋に長居して、誰かに見つかれば厄介なことになる。いますぐ王子権現の裏手、音無川沿いにある勘助の住まいへ駆けもどり、勘助がいれば捕縛の手配りをして捕らえ、また留守であれば張り込んで帰ってくるのを待つべきだと考えたからだった。

小袖の胸元を血に染めて横たわる鎌三の骸に目を走らせ、伊八が踵《きびす》を返す。

急げば勘助に追いつけるかもしれない。逸《はや》る気持ちで、伊八はもときた道を早足ですすんでいった。


音無川沿いに伊八が歩いていく。

休むことなく動きつづけている。が、不思議なことに疲れは感じなかった。

(ひとりでは見張るのが精一杯ではないか、捕らえようとして勘助に迫っても力及ばず捕り逃すことになるかもしれない。いずれにしても独りでできることはかぎられている。どうやって浅尾屋さんにつなぎをつけるか)

伊八はそれだけを考えている。

先ほど勘助の住まいを見張っていた大木の陰に、再び伊八は身を潜めた。

じっと見つめる。

まだ勘助は帰っていないようだった。

ただ待つ。それだけが、いまのおれにできる唯ひとつのことだ。伊八はそう腹をくった。

夜が白々と明け初めている。

そろそろ暁七つ（午前四時）であった。

まだ英次郎は荊豆屋を張り込んでいる。

夜の八つ半（午前三時）前に、あちこちの旅籠の表戸が開けられ、下女が旅籠の前を箒で掃き始めた。早立ちする旅人を送り出す平旅籠はもちろんのこと、食売旅籠でも早立ちの旅人、食売女と遊びがてら泊まったやっちゃ場出入りの投師や人足たちが旅籠から出てくる頃合いであった。

早立ちの旅人、投師、人足たちが相次いで旅籠から出て行き、混雑は一段落した。

風に乗ってやっちゃ場の、あちこちの青物問屋で行われている競りの声が重なりあって聞こえてくる。

その音が英次郎には、やけに近く感じられた。千住宿で食売女と遊んで一夜明かしても、御店にあがる刻限には十分間に合う。寝坊したくても、やっちゃ場の競りの声がうるさくて、とても寝ていられるものではない、と話す客が多いという。たしかに、そうだ。眠りの浅い質なら、やっちゃ場の掛け声ですぐ目覚める者もいるだろう。

脇本陣とともに青物問屋も営む浅尾屋は、十蔵はじめ奉公人たちはみんな、やっちゃ場が始まる半刻前には目覚めている。

今まで英次郎がやっちゃ場から流れてくる音が気にならなかったのは、店がはじまる前の支度で、脇本陣浅尾屋の奉公人たちが忙しく立ち働いていて、廊下を行く足音や指図する声が入り交じって、やっちゃ場の音が打ち消されていたのかもしれない。

そんな思案にふけっている英次郎の目が細められた。

苅豆屋からひとりの武士が出てきて、千住大橋のほうへ向かって歩いていく。その顔に見覚えがあった。どこであったかおもいだせぬもどかしさに、見つめている英次郎が、うむ、とひとりうなずいた。

武士の後ろ姿に隙がなかった。かなりの剣の使い手、おそらく皆伝に達した腕前の持ち主だろう。

武士の歩の運び方、身のこなしが、英次郎にその武士のことをおもいださせた。

千住宿の通りを見廻っているときに何度もみかけた顔であった。大柄、がっちりした体格、色黒で高い鷲鼻が印象に残る剣呑な顔立ちの武士であった。

どこの誰ともわからぬが、千住宿で何度も顔を合わせているからには、さほど隔りのないところに住んでいるのであろう。月代《さかやき》の手入れも行き届いている。おそらく浪人ではあるまい。近くには諸藩の下屋敷が点在している。どこぞの藩士かもしれぬ。

推測した英次郎は、再び、茹豆屋の表に目を移した。


明六つ（午前六時）を告げる勝専寺の鐘が打ち鳴らされている。

砂倉屋が姿を現すことはなかった。茹豆屋を訪ねた刻限から推量して、世間話をしているうちに酒盛りが始まり、そのまま泊まり込むことになったのかもしれない。そう考えた英次郎は、まわりを見渡した。

千住宿の街道に面した町屋と町屋の間の通り抜けに、英次郎は身を潜めている。夜中ならともかく朝日が顔を出し、出職人や御店の奉公人たちのほとんどが起き出して、往来を行き交うようになってきたいま、一ヶ所に座り込んでいるわけにはいかなくなっていた。

人の目が多すぎる。とりあえずこの場から引き上げよう。昼前に砂倉屋に行き、砂倉屋が帰ってきたかどうか、たしかめることにしよう。そう決めて英次郎は立ち上がり、通りへ出た。

脇本陣浅尾屋へ向かって、英次郎はゆったりとした足取りで歩を運んだ。

四

その頃……。

大木の陰に座って通りを見つめていた伊八の目が、やってくる駕籠《かご》をとらえた。

つなぎをとる手立てを思案しつづけていた伊八のなかで弾けるものがあった。

(駕籠だ。駕籠舁《かき》に文を持たせて、迎え駕籠に仕立てれば浅尾屋さんにつなぎがつけられる)

胸中でつぶやいた伊八は、次の瞬間、通りへ飛び出していた。

驚いて足を止めた駕籠舁に伊八が声をかけた。

「駕籠屋さん、空き駕籠なら行き帰りの駕籠賃に酒代つきで、おれの文を届けてくれないかい。実は、古い付き合いの千住宿の脇本陣浅尾屋さんと待ち合わせることになってるんだが、おれがすっかり勘違いしちまって、早く着きすぎて途方に暮れていたのさ。おれが千住宿へ行けばいいのだが、なんだか疲れちまってね。動くのがおっくうなのさ。頼まれてくれないかい。もし都合が悪ければこのあたりにある駕籠屋へ行く道筋を教えてもらいたいんだが」

先肩の駕籠舁が振り向いて、後肩の駕籠舁の顔を見た。どうやら後肩が兄貴分らしい。

後肩が訳知り顔にうなずいて、伊八に声をかけてきた。

「千住宿の脇本陣浅尾屋さんだね。もどり駕籠で客はいないし、行ってもいいよ。早く文を書きな。待っているから」

先肩に向かって後肩がことばを重ねた。

「駕籠を道端に寄せておろそう。こちらさんが文を書き終わるまで、待たなきゃならない」

「あいよ」

応じた先肩が道端に寄った。後肩も先肩にならい、ともに駕籠をおろした。

帯に差した矢立から筆を抜きだした伊八が懐から懐紙をとりだし、大木の根本に腰を下ろした。

〈砂倉屋を見張っていたら番頭が使いに出た。つけたら、王子権現の裏手の音無川沿いの町屋に入っていった。後でわかったことだがこの町屋の主《あるじ》は女衒の勘助だった。すぐに番頭は引き上げていき、ほどなく勘助が出てきた。後をつけると浅嘉町片町の吉祥寺そばの建家に入っていった……〉

入ってまもなく呻き声が聞こえたので建家に飛び込んだら、逃げ出てきた勘助とぶつかり、はじき飛ばされたこと、勘助の後を追うより、なかにいる呻き声の主にまだ息があるかもしれないとおもって追うのを止め、なかに入って、虫の息の男から、男が鎌三であること、いきなり勘助が匕首で刺してきたと聞いたことなどを伊八は文に書き連ねた。

さらに伊八は、勘助の住まいへの道筋を示した絵図を描き上げて文に添え、懐紙を折ってつくった封に文と絵図を包み込んだ。

封の表に、

〈脇本陣浅尾屋さま〉

裏に、

〈伊八より〉

と書き、懐紙を懐に、筆を矢立にもどして、帯に差した。巾着を懐から引きだした伊八はなかから二朱をつまみだし、巾着を懐に入れた。

後肩に歩み寄った伊八が持っていた封書を差し出した。

「この封書を脇本陣浅尾屋さんに届けてくれ。これはおれからのほんの気持ちだ。駕籠賃は浅尾屋さんが払ってくださる」

二朱を封書の上に置いた。

「二朱も。そいつは豪勢だ。先肩、酒代をいただいたぜ」

と受け取った二朱を掲げてみせた。

「どうも、気を遣っていただいて」

愛想笑いを浮かべて先肩が頭を下げた。

「客代わりの文だ。駕籠にのせやしょう」

封書を駕籠に置いて、垂れを下ろした。

「走りに走って、大急ぎでいってきますぜ」

後肩が伊八に笑いかけ、先肩に声をかけた。

「行こうぜ」

「あいよ」

威勢のいい声を掛け合って駕籠舁が駕籠を担ぎ上げた。

脇本陣浅尾屋では、十蔵が着替えもせずに英次郎と伊八がもどってくるのを待ちつづけていた。

荊豆屋にやってきて、泊まることになっていた女衒の助五郎が出かけたきり帰ってこない。お倫は、

「殺されたんじゃないか」

といっていた。根拠はないが、女盗人だった頃に培った勘働きが、そう告げているという。

今度の食売女の足抜き騒ぎで荊豆屋がどんな役割を果たしているのか、いまの十蔵には、まったくわからなかった。ただ荊豆屋が深いかかわりをもっていることだけは推測できた。

万が一、お倫の勘が当たっていたら荊豆屋は人殺しも、いとも簡単にやってのける情け知らずの悪党ということになる。

そんな悪党を相手にしての探索である。英次郎と伊八の身に命の危険が迫っていると考えるべきであった。

そんな十蔵の心配をよそに、いつもと変わらぬ様子で英次郎が帰ってきた。

脇本陣浅尾屋の奥、住まいになっているところの十蔵の居間で、十蔵と英次郎が向かい合って座っている。十蔵の斜め脇にお倫が控えていた。

「苅豆屋に入っていったきり砂倉屋は出てこなかったというのか」

「昼の八つ過ぎに砂倉屋へ様子を探りに行ってきます。帰っていなければ足取りを調べるべきだと」

「そうしよう。ご苦労だったな。眠ってくれ。用ができたら起こす」

「ひとつ、気になったことがあるのですが。暁七つ前に苅豆屋から武士がひとり出てきました。千住宿で何度も見かけている武士です。どこかの藩士なのか、月代の手入れも行き届いています。その武士は千住大橋のほうへ歩いていきましたが、歩き振りや所作に隙がありません。おそらく皆伝の腕の持ち主かと。ただ、客ではないような気がします」

「どうして、そうおもうのだ」

「客なら食売女が店先まで送りに出るはずです。それが、誰も出てきません」

「客ではないとすると、何をしにきているのだろう。待てよ」

独り言のようにつぶやいた十蔵が、英次郎に問いかけた。

「その武士は千住大橋のほうへ立ち去ったといったな。もしかしたら、その武士は隅田川組番番士かもしれぬぞ。食売女が七人足抜きした夜に、夜釣りに出た隅田川組番番士がいる。名は塩崎八十助。小野派一刀流皆伝の腕前だそうだ。その夜釣りに使った舟が十数人ほど乗ることができる舟だという」

「店頭は、その舟を使えば、足抜きした食売女を隅田川沿いのどこかへ逃がすことができると考えておられるのですね」

「街道筋には食売女たちの足取りが残っていない。五人の食売女が足抜きして行方を眩ましているのは明らかな事実だ。舟を仕立てて、隅田川の水路を行く。それしか足取りを消す手立てはないような気がする」

「その夜釣りをしていた塩崎八十助の顔をあらためることができれば、私が見かけた荊豆屋から出てきた武士かどうかはっきりします。もしも、その武士が塩崎八十助だとしたら、荊豆屋と塩崎には、何らかのかかわりがあることになります」

「調べる手立てはある。覚然さんにいえば、すぐに手配りしてくれる。半刻ほど仮眠をとってからでよい。覚然さんの庵へ出かけて、塩崎八十助の顔をあらためたい、手配してくれ、と頼めば、覚然さんは、すぐにも動いてくれる」

「承知しました。仮眠などとらなくても大丈夫です。いまから出かけます」

「公儀役人の勤めは五つ過ぎから始まる。早く出かけても覚然さんも手の打ちようがない。半刻眠っても、まだ余裕があるくらいだ」

「承知しました。それより伊八はまだ」

「伊八はまだもどっていない。つけていった相手が遠方へ出かけているのかもしれない」

「伊八から知らせがあったら声をかけてください」

「そうしよう。離れへ引き上げていいぞ」

「それでは、これにて」

大刀を手にとって英次郎が立ち上がった。


眠れないまま横になっていた英次郎は、半刻もたたぬうちに起きて、十蔵の居間へ顔を出した。

少し前に伊八から文を頼まれた駕籠舁が脇本陣浅尾屋に到着したところだった。文を受け取った十蔵は、駕籠舁を庭に待たせて居間に入った。お倫に文を手渡す。お倫が文を読み始めたとき、英次郎が居間に入ってきた。

十蔵が声をかける。

「ちょうどよかった。いま起こしに行こうとおもっていたところだ。伊八からつなぎの文が届いた。砂倉屋から使いに出た番頭をつけていったら王子の勘助の住まいへ入った。番頭が引き上げ、勘助が出かけた。勘助の後をつけたら、鎌三の住まいへ行き、匕首で鎌三を刺して逃げた。虫の息の鎌三が自分の名と、刺したのは勘助だといって息絶えたそうだ」

「勘助が鎌三を匕首で殺した、というのですか。砂倉屋の使いがきた後、勘助が出かけたということは、砂倉屋から鎌三の口を封じろ、といったような指図が出たのかもしれませんね」

文を読み終えたお倫が、

「真木さん、渡すよ」

文を差し出しながら、お倫が十蔵に告げた。

「ひとりでは十分な働きができないから助っ人をひとり寄越してくれ、と書いてある。私が行くよ」

受け取った文に目を通し終えた英次郎がいった。

「私が行こう。勘助は鎌三を殺して気が立っている。何があるかわからないからな」

ふたりのやりとりを無言で聞いていた十蔵が声をかけた。

「伊八のところにはお倫に行ってもらおう。英次郎には、塩崎八十助の顔あらためをやってもらわねばならぬ。苅豆屋から出てきた剣の達者とおもわれる武士と塩崎が同一人だったら、いろいろと考え直さねばならぬことが出てくる」

「考え直さねばならぬとは?」

「塩崎八十助は御上場の舟を自由に使うことができる立場にいる。食売女たちが集団足抜きをした夜、塩崎は隅田川で夜釣りをしていた。川を使えば、難なく千住宿を抜け出せる。舟を手配できる隅田川組番番士と苅豆屋が深いかかわりがあるとしたら、あとはいいなりになる女衒を抱き込み、狙いをつけた食売女たちを口説かせれば」

十蔵のことばを英次郎が引き継いだ。

「足抜きなど、わけなく仕組むことができます」

「苅豆屋は子分同様の砂倉屋も仲間に引きこんだのだ。砂倉屋には、女衒とのつなぎをさせたのかもしれぬ」

「もし店頭のいわれるとおりだとしたら、苅豆屋は何の目的で足抜きを仕組んだのでしょうか」

「私は、昨夜、隅田一家の為造、地蔵一家の万吉、ふたりの親分と話をした。ふたりとも、いつもなら足抜きした食売女を追いかけるためには金を惜しまぬ苅豆屋と砂倉屋が金を出し渋っているというのだ。新田屋、中里屋、日原屋は前々から足抜きした食売女をしつこく追いかけない食売旅籠だ」

「苅豆屋と砂倉屋が金を出し渋る。いつもと違う成り行きですね」

「昨日、女衒の助五郎が苅豆屋にやってきたが、泊まるはずが帰ってこなかった。砂倉屋は入ったきり出てこない。思い込みの激しい筋立てだが、ふたりが口封じのために苅豆屋に殺されたと考えられないこともない。何か裏があるとすれば、足抜きの裏は何だ、と考えた。それでおもいついたのだ。今度の騒ぎは足抜きでなく、鞍替えかもしれない、とな」

「まもなく年季があける食売女に足抜きをすすめ、乗ってきたら足抜きの手引きをするといって連れだし、どこかの隠里の茶屋や局見世に売りとばす。そういうことですか」

「お春をみて、おもったのだ。売り買いできる上玉の数は少ない。お春なら五十両以上の値で売れる。とな」

「ひとり五十両。七人で三百五十両か。いい稼ぎになりますね」

「すべてが、私の思い込みだ。が、世の中、すべて思い込みで動いている。みかんを江戸に運んで大儲《おおもう》けした紀伊国屋文左衛門《きのくにやぶんざえもん》も、みかんを江戸に持ち込めば儲かる、と思い込んで一か八かの勝負に出たのだ。私は、思い込みも捨てたものじゃないとおもっている」

わきからお倫が口をはさんだ。

「そういや、あたしの勘働きも思い込みみたいなものだね。勘働きには何の根拠もないもの」

口調を変えて十蔵が告げた。

「お倫、待たせてある駕籠に乗って伊八のところへ行ってくれ。伊八は見張りをし、お倫が勘助の住まいに入り込んで、千住宿にかかわる文や証文をできるだけ探しだしたら、人目につかぬように引き上げてくるようにと、私がいっていたとつたえるのだ」

「勘助はどうするのさ。勘助は鎌三を殺したんだよ。人殺しをほうっておくのかい」

「店頭は町奉行や火盗改メとは違う。咎人を捕らえて裁き、処断する必要はないのだ。ただ乱暴狼藉《ろうぜき》、火付け、盗みなどを仕掛けて千住宿の評判を落とし、宿場の繁栄に水を差す輩は断固取り締まらねばならぬ。千住宿の損得を弾き出して、時にはその筋に賄をおくり、付け届けをして千住宿が潤うように動く。それが店頭の務めだ」

「それでは勘助は野放しにするのですか」

問いかけた英次郎に十蔵が応じた。

「いまのところは野放しでもいいではないか。が、勘助が千住宿にはいってきたら別の話だ。引っ捕らえて拷問にかけ、すべてを吐かせて足抜き騒ぎの有り様を表にさらけ出さずにはおかぬ」

「わかりました。私は覚然さんのところに行き、塩崎八十助とやらが私が見かけた武士と同一人であるかたしかめてきます」

「同一人だったら、塩崎にちょっかいをかけてやるつもりでいる。覚然さんに、鈴木さんにもう一役買ってほしいので、鈴木さんを脇本陣浅尾屋につれてきてくれ、といっておいてくれ」

「承知しました。出かけます」

脇に置いた大刀を手にとり腰を浮かせた英次郎に十蔵が声をかけた。

「出かけるのは朝飯を食ってからにしろ。腹が減っては戦ができぬというぞ」

「お澄にいって、握り飯でもつくってもらいます」

立ち上がって英次郎が居間から出ていった。

「あたしも行きますよ。お道さんに頼んで、伊八さんに握り飯でもつくってもらいます。あたしは、握り飯ができあがるまでの間に勝手の板敷の間で、泊まり客に出す菜の残り物と香の物、わかめの味噌汁《みそしる》の、朝にしては豪勢なおまんまを食べてから出かけます」

「このところ、江戸入りする大名、貴人のご宿泊は少ない。ほとんどが休憩だ。千住宿は御府内には近すぎる。泊まるより一足のばして江戸屋敷に入ったほうが、懐具合も含めて何かと楽なはずだ。おかげで脇本陣は、豪農や豪商、贅《ぜい》を尽くした旅を楽しむ上客を相手に商いができる」

「剣術使いをやめてよかったね。旦那は金儲けが上手だもの。商いの駆け引きぶりは、はたで見てても惚れ惚れするよ」

「商いの駆け引きも剣の勝負も、相手のこころの動きを察して、隙をついて仕掛けるものだ。持てる力を振り絞って競い合う、一瞬でも気を抜いたら、命も失うほどの緊迫感のなかに身をおいているときが私の一番幸せな時かもしれない」

「因果な性分だね。あたしじゃあまり気乗りしないかもしれないけど、もしも旦那が命を落とすようなことがあったら、あたしが旦那の骨を拾ってやるよ」

お倫を見つめて十蔵が応えた。穏やかで優しげな十蔵の眼差《まなざ》しだった。

「たとえお倫が厭だといっても、お倫に万一のことがあったら、私が、お倫の骨を拾うと決めているよ」

「旦那」

神妙な顔をして、お倫が十蔵を見つめた。

それも一瞬のこと……。

「あたしゃ忙しいんだ。行くよ」

ことさらに邪険な口調でいってお倫が立ち上がった。

いそいそと居間から出ていく。

残された十蔵が、空を見据えた。

これからどう動くか、頭のなかでさまざまな策を思案している。

うむ、とひとりうなずいて十蔵が立ち上がった。

まず砂倉屋へ行き、砂倉屋がかえっているかどうかたしかめ、昨夜出かけた番頭をつかまえて、勘助の住まいへ行ったかどうか訊く。返答次第では、店頭詰所へ連れていって厳しく問いただしてもいい、と十蔵は腹をくっていた。

番頭から、知っているかぎりの話を聞き出した後、荊豆屋へ行き、

「自身番の番太郎が助五郎らしい骸をみつけた、といってきた。助五郎の顔見知りが偶然通りかかって助五郎に違いない、といっている。とりあえず、荷物を調べさせてくれ」

と作り事の理由をつけ、助五郎が残した荷物を引き取ってくる気でいた。

砂倉屋の番頭への聞き込み次第では砂倉屋のことに触れてもいい、と十蔵は考えている。

「私も腹ごしらえして出かけるか」

朝餉は、勝手の板敷の間で食すると決めている。勝手へ向かうべく、十蔵はゆったりとした仕草で立ち上がった。

五

御上場の船瀬に八艘の舟が係留されている。番士ふたりが、そのうちの一艘を掃除していた。

少し離れた場所から鈴木与五郎と覚然、英次郎の三人が、その様子を見やっている。

「幸いなことに今日が非番でよかった。一日中、覚然さんの相手ができる」

話しかけてきた鈴木に覚然が応じた。

「そいつはありがたい。とことん付き合ってもらうか」

ふたりの話を断ち切るように、舟の手入れをしている番士に目を注いでいた英次郎が声を上げた。

「間違いない。荊豆屋から出てきた武士だ」

聞き咎めて、鈴木が訊いた。

「年嵩のほうが、塩崎八十助だ。やはり、そうか。おれと同じ微禄の旗本なのに、このところ、やけに金回りがいいとおもっていたが、隠れて内職をしていたのか。小野派一刀流の免許皆伝を鼻にかけ、剣豪ぶって、やたら尊大に振る舞っていたが、金には弱いか」

吐き捨てた鈴木に覚然が話しかけた。

「塩崎が茢豆屋から出てきた武士と同一人だとわかったいま、ぜひとも店頭に会ってもらわなければいけなくなった。鈴木さん、これから脇本陣の浅尾屋へ行こう。昼は脇本陣でうまい飯が食えるぞ」

「それはありがたい。千住勤番の身、朝、昼、晩と自分で飯をつくらなければならない。久しぶりにうまいものを食えそうだな」

「わしも、そうだ。うまい飯をただで食える。こんな折りはめったにない。さっ、行こう」

「善は急げというからな。出かけるか」

歩き出した覚然に鈴木がつづいた。

ちらり、と塩崎に目を走らせて、英次郎が覚然と鈴木の後を追った。

砂倉屋に十蔵はいる。

顔を出した十蔵に気づいて近寄ってきた番頭に、

「昨夜、女衒の勘助のところへ出向いた奉公人がいると聞いてやってきたんだが、誰が行ったか知っているかい」

「知っているも何も出かけたのはあたしで」

「そうかい。おまえさんかい」

意外な成り行きだった。番頭の顔つきから察して、どうやら砂倉屋からいわれて使いに行っただけのようにおもえた。

「勘助さん、何かやらかしたんで」

気がかりなのか、番頭が心配顔で訊いてきた。

「今度の足抜き騒ぎのことで勘助から話を聞こうとおもってね。調べたら足抜きした食売女のなかに勘助が仲立ちした女がいることがわかったんだ」

「そうですか」

「ところで旦那はいるかい」

「それが昨夜、あたしが出かけている間に、ちょっと出かけてくる、といって出たきり、まだお帰りになってないんで」

「それじゃ、女将《おかみ》さんは心配しているだろう」

「それがあんまり。いままでも何度か、こういうことがあったようなんで」

周りをはばかったのか、声をひそめて番頭がいった。

「馴れというやつだな」

軽口をたたいた十蔵が、曖昧《あいまい》な笑みで応じた番頭に口調を変えていった。

「勘助が顔を出したら、店頭詰所まで知らせておくれ」

「そうします」

「頼んだよ」

声をかけ、十蔵が番頭に背中を向けた。

新たな知らせが入っているかもしれない。面倒でも、今日は調べが終わるたびに脇本陣浅尾屋にもどったほうがいいだろう。そうおもいながら、十蔵が歩を運んでいた頃……。

音無川沿いの勘助の住まいの低木の後ろに伊八は身を潜めている。建家のなかでは、お倫が勘助の手元に残る千住宿にかかわる文や書付を探していた。

駕籠に乗ってきたお倫が、出迎えた伊八の顔を見るなりいった。

「勘助の張り込みをやめて、引き上げてくるようにと、店頭がいっていたよ」

あまりにもぶっきら棒なお倫の物言いに伊八は、

「それは、どういうことなんだ。勘助を見逃せというのかい」

おもわず気色ばんで問いかけていた。

「そうじゃないんだよ。店頭配下の一団は火盗改メや江戸の南、北両奉行所の探索方の役人とは違う。あくまでも千住宿を繁栄させるために動くのが務めだ。宿場内で起きた人殺し、火付け、喧嘩、盗みなどの揉め事の落着と、不祥事の揉み消しが主な務めのなかみ。咎人を捕らえて裁き、処断するのが役目ではない。すでに勘助は宿場内で揉め事を起こしている。千住宿に入ってきたところで捕らえればいい。そう伊八さんにつたえてくれ、と店頭がいわれたんだよ」

周囲に目を配りながら、伊八は、十蔵からの伝言を噛みしめていた。たしかに十蔵のいうとおりだった。店頭は千住宿の問屋場においては公に認められた役職であった。が、深川、本所、浅草などの岡場所、いわゆる隠れ里の店頭は、それぞれの土地で起きた揉め事を揉み消すことを主な役務とする、その土地独自の組織の長であった。その役務を果たすため、隠れ里の店頭は、町奉行所の与力、同心などに日頃から付け届けをし、折りに触れて賄を贈り、袖の下をつかませて、見て見ぬふりをしてもらうようにつとめている。それぞれの店頭が、かかわる岡場所を繁盛させるため、ただそれだけのために動いていた。

が、他の宿場のことはわからないが、少なくとも千住宿は違う。店頭とその配下は問屋場《といやば》の一員でもあり、問屋場の力を背景とする組織でもある。少なくとも千住宿のなかでは咎人を捕らえて裁き、処断することができる権限を与えられている。

同時に、隠れ里の店頭同様、道中奉行や代官所などの公儀役人に付け届けをし賄や袖の下を渡して、揉め事を見逃してもらうために動くという役目も担っている、清濁併せ呑む職務でもあるのだ。十蔵の伝言を聞いた伊八は、あらためて千住宿の店頭の立場をおもいしらされていた。

(千住宿以外の場所ではその権限を認められない役職、それが店頭なのだ)

胸中で伊八は、そうつぶやいていた。

背後で表戸を閉める音がした。

振り向くと小さな風呂敷《ふろしき》包みを手にしたお倫が歩み寄ってくる。

「終わったよ」

小声で話しかけて、お倫が伊八の脇を通り過ぎていく。

立ち上がった伊八がお倫の後を追った。

追いついた伊八がお倫と肩をならべた。

「手がかりになりそうなものが見つかったかい」

「見つかったよ。勘助はなかなか用心深い奴だね。鎌三の口を封じるように指図した砂倉屋からの文が、おもいがけないところに隠してあった手文庫のなかに入れてあったよ」

「それじゃあ、おもったとおり鎌三殺しは、砂倉屋が指図したことだったのか」

「ほかにも書付が数十枚ほど入ってたんで、それも持ってきたよ。そのなかに酒合戦の夜に足抜きした女たちの年季《ねんき》証文《じょうもん》が二通まじっていた。買った先は深川の局見世。買値は、それぞれ五十五両と六十両。稼げる玉だと踏んだんだね、買い手は」

「殺しの指図文と足抜きした食売女の年季証文。たいした手柄じゃないか。半刻足らずの間に、よく見つけ出したな」

「よほどの変わり者でもないかぎり、人の考えることは似ているものさ。とくに大事なものの隠し場所は、みんな変わりばえがしない。こつをつかむと、家のなかの探し物は、そう難しくないのさ」

「そんなものかね」

首を傾げた伊八に持っていた風呂敷包みを差しだし、

「この風呂敷包み、持っておくれな。あたしはか弱い女なんだ。千住宿まで持ちつづけるのは辛いんだよ、腕がしびれてしまう」

「いけねえ、うっかりしていた。風呂敷包みぐらい、持たせてもらうぜ。そのうち、探し物を見つけるこつとやらをじっくりと教えてもらいたいな」

「いいよ。口で話しただけではわかりにくいかもしれないけど、聞いていないよりましだ。閑《ひま》ができたときにいっておくれ。いつでも付き合うよ」

「そいつはありがてえ。必ず教えを乞いに行くぜ」

「伊八さんから、そういわれると、何かいい気分だね」

「手がかりもつかめたし、おれもいい気分だ。急ごうぜ」

笑みをたたえて伊八がいい、足を速めた。お倫が、伊八にならった。


脇本陣浅尾屋の客間で、床の間を背にした鈴木と向かい合って十蔵、ふたりの左右に覚然と英次郎が座っている。それぞれの前には、菜を食べ終えて空になった数皿が載った高足膳《たかあしぜん》が置かれていた。

湯呑み茶碗を口に運び、茶を一口飲んだ鈴木が声を上げた。

「さすが脇本陣だ。菜もうまいが茶もうまい。大名になった豪勢な気分を味わった。浅尾屋、馳走《ちそう》になった。久しぶりにうまいものを食った」

頭を下げた鈴木に十蔵が応じた。

「いつでも食べにきてくださいな。私がいるときは、いつでもお相手しますよ。それより、ひとつお頼みしたいことがあるのですが」

「何でもいってくれ。おれにできることなら、何でも引き受けるぞ」

「お仲間でやりにくいでしょうけど、塩崎さん相手に一芝居うってほしいのです」

「塩崎が相手なら、やりにくいことは何ひとつないぞ。剣の腕を鼻にかけた傲慢で、人を人ともおもわぬ塩崎をへこましてやることができるなんて、こんな楽しいことはない。身に危険が及ばぬことなら何でもやるぞ」

「礼金は、先日、話し合った、鈴木さんが持ち込まれた噂のなかみ次第という取り決めに準じて、働き次第ということでよろしいですな」

「かまわぬ。一芝居の段取りを指図してくれ」

「一芝居の仕組みですが」

口を開いた十蔵の話に鈴木が、英次郎が、覚然が身じろぎもせず聞き入っている。

話し合いを終えて、鈴木が覚然とともに引き上げていって半刻ほど後、お倫と伊八がもどってきた。

脇本陣浅尾屋の奥、住まいの一間で十蔵と向かい合ってお倫と伊八が、十蔵の斜め脇に英次郎が座っている。

積み重ねられた書付数十枚が、十蔵とお倫の間に置かれていた。

「勘助の住まいの米櫃に隠されていた手文庫のなかに入っていた書付を手当たり次第に持ってきたから、今度の足抜き騒ぎにかかわりのない書付もまじっている。あまり時がかけられなかったから仕方ないね。まず、これを見ておくれ」

書付のなかから一枚をとりだしたお倫が、十蔵に差し出した。

受け取って読み終えた十蔵が呻くようにつぶやいた。

「これは、砂倉屋から勘助へ、鎌三の口を封じるように、とつたえた指図の文」

「これは足抜きした食売女のふたりを深川の局見世に売り渡した年限五年の年季証文だよ」

さらに二通、お倫が書付を抜き出し、十蔵に手渡した。

書付に十蔵が目を通す。

「女たちの身売り金の受取人は砂倉屋と勘助になっている。やはり、食売女七人の足抜きは仕組まれたものだったのか」

　だれに聞かせるともなく十蔵がつぶやいた。

　わきから英次郎が口をはさんだ。

「勘助は鎌三を殺して、行方をくらまし、砂倉屋は昨夜、茢豆屋に入っていったきり出てきません。それと、これらの書付には茢豆屋の名はどこにも書いてありません。証がない以上、茢豆屋は知らぬ存ぜぬで通すでしょう」

　眉をひそめて、お倫が口をはさんだ。

「女衒の助五郎が、宿泊する気で茢豆屋に上がったが、用があったらしく、どこかへ出ていったきりもどってこない。荷物は部屋に残されていると聞き込んだのだけど、あたしの勘働きがみごと的中したかもしれないね」

　顔を伊八に向けて、十蔵が告げた。

「店頭詰所にかかわりを持ち、千住宿の問屋場近くの自身番の大家代人でもある伊八、おまえは、いわば千住宿の町々にある自身番の元締同然の立場だ。それぞれの自身番に、助五郎という女衒が殺されたという噂がある、助五郎の骸が、どこかに捨てられているかもしれぬ、骸を探し出すよう店頭から指図があった、と記した触れ状をまわしてくれ。番太たちを総動員して派手に動き回らせるのだ」

「苅豆屋に揺さぶりをかける。そういうことですね」

「その通りだ。私は英次郎とともに苅豆屋に乗り込み、女衒の勘助が同業の鎌三を殺したとの知らせが入った、荷物を残したまま、もどってこない助五郎の荷物を預かり、なかみをあらためさせてもらう、と談じ込み、苅豆屋の出方をみる」

強い口調でお倫が口をはさんだ。

「あたしは何をすればいいんだい。指図しておくれな」

「お倫には、苅豆屋を見張ってもらう。砂倉屋は、まだ苅豆屋のどこかにいるはずだ。私が家捜しする素振りをみせれば、砂倉屋か、すでに始末したその骸を大箱にでも入れて運び出すはずだ」

「わかった。苅豆屋に気づかれないように場所を変えながら、見張りつづけるよ」

「さ、動きだしてくれ。この仕掛けがうまくいけば、一件は一気に落着する」

緊張を漲らせ、英次郎が、伊八が、お倫が大きく顎を引いた。

隅田川が水音を響かせて、ゆったりと流れていく。

水鳥の群れが戯れ合うように、行き交う荷船のまわりを飛び回っている。

手入れを終えたのか、まだ用具を片付けているひとりを残して、塩崎が舟から岸へ上がってきた。

「塩崎」

呼びかける声に塩崎が振り向いた。

「塩崎、ちょっと、こっちへきてくれ」

手招きする鈴木に、露骨にうんざりしたような顔つきとなって、塩崎が声をかけた。

「何だ、鈴木。博奕狂いのおまえの話など聞きたくもないぞ。耳が汚れる」

面倒くさそうに吐き捨てた塩崎に歩み寄って鈴木が声をひそめて話しかけた。

「塩崎、おまえ、何かやらかしたのか」

「何をいってるんだ。人聞きの悪いことをいうな。言いがかりをつける気か」

睨みつけた塩崎にわずかに身を引いて鈴木がいった。

「あそこにいる覚然坊とこのところ親しく付き合っているのだが、あの覚然坊、脇本陣と青物問屋をやっている浅尾屋と懇意でな。それで今日は脇本陣へ出向いて昼餉《ひるげ》の馳走にあずかったのだ。浅尾屋は千住宿の店頭でもある」

「そのくらいのことは知っている。もとは御家人の次男坊で梶派一刀流免許皆伝の腕前だと聞いている。その店頭の浅尾屋がどうしたのだ」

「それが昼餉が終わった後の四方山話《よもやまばなし》にかこつけて、店頭の浅尾屋が塩崎、おぬしのことをさりげなく訊いてくるのだ。たとえば荊豆屋にしょっちゅう泊まっているようだが、どういうかかわりなのか、とか、失礼ながら隅田川組番番士の家禄《かろく》ではとても足りぬとおもうが荊豆屋の払いはどうしているのか、など、それこそ根掘り葉掘り訊いてくる。おれは、塩崎のことはよく知らぬと答えておいたが、それでよかったのか」

探る目で鈴木が塩崎を見つめた。

「何だ、その目は。痛くもない腹、探られてもかまわぬが、まさか鈴木、おれを疑っているのではなかろうな」

睨みつけた塩崎の、あまりの眼光の鋭さに、おもわず鈴木が後退《あとずさ》った。

「おお怖。そんなに睨みつけるな。おれは、親切ごころで店頭のことを教えてやったのだぞ。もう厭だ。親切ごころなど起こしたおれが不心得だった。とんでもない話だ。塩崎。おれはおぬしのことを、同役だとおもって、心配して教えてやったのに。ああ、厭だ厭だ」

いうなり、鈴木が塩崎に背を向けた。その瞬間、鈴木は小さく舌を出し、してやったりとほくそ笑んでいた。

腹立たしいおもいを隠そうともせず、塩崎が鈴木を鋭く睨みつけている。

少し離れて立つ覚然が、雲水笠《うんすいがさ》の端を持ち上げて、鈴木と塩崎の様子を凝然と見つめていた。

「入らせてもらうよ」

声をかけて英次郎をしたがえた十蔵が莿豆屋に入っていった。

気づいた番頭が、あわてて近寄ってきた。

「これは店頭さん、副役さんもご一緒で」

「莿豆屋さんはいるかい。訊きたいことがあってきたんだ。取り次いでおくれ」

「わかりました。すぐ取り次ぎます」

番頭が振り向こうとしたとき、莿豆屋の声がかかった。

「声が聞こえたんで、出てきたよ。あがってくんな」

その呼びかけに十蔵と英次郎が目をむけると、廊下に莿豆屋が立っていた。

主人の控の間で莿豆屋と十蔵が向かい合って座っている。十蔵の斜め後ろに英次郎が控えていた。

不機嫌そうに莿豆屋が吐き捨てた。

「くどいな、店頭。砂倉屋は昨夜のうちに帰った、と何度もいってるじゃねえか」

「ほんとうかい。砂倉屋の番頭の話だと、砂倉屋はまだ帰ってきていないといっていたぜ」

「いないものはいないんだよ。なんでそうしつこく砂倉屋のことを訊くんだよ。何かあったのかい」

「そうよな。どうしたものか迷うところだが」

うむ、と十蔵が大きく首を捻った。

そのまま黙り込む。

しばしの間があった。

焦《じ》れたのか、苅豆屋が口を開いた。

「何だよ、えらくもったいぶるじゃねえか」

じっと苅豆屋に目を据えて十蔵が告げた。

「驚いちゃいけないよ、苅豆屋さん。実は女衒の勘助が、同業の女衒鎌三を殺したという、たしかな筋からの知らせがあったんだ。はっきりしないが、どうやら指図したのは砂倉屋さんということになっているんだが、私には、どうにも解せないんだよ。砂倉屋さんに鎌三を殺さなきゃならないわけがあるとはどうしてもおもえないんだ。

それにさ、商いで出入りしているだけのかかわりの勘助に人殺しを指図できるほどの力が砂倉屋さんにあったのかねえ」

「訊かれても、答えようがないね。しかし、勘助が鎌三を殺したなんて、とても信じられないね」

「驚くことがもうひとつ、あるんだ。今朝方、問屋会所に店頭あての文が届いてね。茢豆屋に宿をとった女衒の助五郎が殺されたと、その文に書いてあったんだ。誰が差し入れたか問屋会所にその封書が投げ込まれていたそうだ」

「助五郎ならたしかにうちに宿をとっているよ」

「そうかい、やっぱりな。殺されたとすれば、ほうって置くわけにはいかない。千住宿中の自身番に触れをまわして、それぞれの自身番の領分で虱潰しに助五郎の骸探しをやってくれ、と店頭の名で指図したんだ」

「じゃ、いまは助五郎の骸探しをやっている最中だな」

問いかけた茢豆屋が探るような目で十蔵を見た。

気づかぬ風を装って十蔵がいった。

「文には茢豆屋の部屋に助五郎の荷物が残っている、とも書いてあった。助五郎の荷物、たしかに残っているんだろうね」

「通した部屋に助五郎の荷物は、そのまま残っている。間違いないよ」

「その助五郎の荷物、私に預けてくれないか。なかみをあらためたいんでね」

「荷物は渡せないね」

「渡せない。なぜだね」

「苅豆屋は、食売女が売り物の食売旅籠だが、いちおう旅籠だからね。いくら店頭の申し入れでも、泊まり客の持ち物は渡せないよ。それが筋というものだ。もっとも、助五郎の骸が見つかったら、すんなり渡すけどね」

「それじゃどうあっても」

「渡せないね」

「そうかい。ここで押し問答しても何もすすまない。諦《あきら》めて引き下がるよ」

「骸が見つかったら、知らせておくれ。助五郎の荷物を店頭詰所に届けさせるから」

「それはありがたい。じゃ、これで」

腰を浮かしかけて十蔵が動きを止めた。

座り直して、苅豆屋に告げた。

「砂倉屋からつなぎがあったら、私に知らせてほしいんだ。砂倉屋は、千住宿にとってはかけがえのない、食売旅籠の主人だ。多少悪さをした程度のことなら大目にみるつもりだ。苅豆屋さんなら世慣れた計らいができるはずだ。すべてが丸くおさまるような仲立ちをしてもらいたいとおもっているのさ」

「わかったよ。私にできることは、やるつもりさ」

「頼んだよ」

目礼して十蔵が立ち上がった。

苅豆屋に会釈して英次郎が腰を浮かせた。

暮六つ半（午後七時）過ぎに、隅田川組番屋敷の裏門から出てきた武士がいた。

塩崎八十助であった。

足を止め、周りに警戒の目を走らせた塩崎は、人の姿がないのを見極めたか歩き出した。

街道筋へ向かって歩を運んでいく。

隅田川組番屋敷近くの木立のなかに潜んでいたのか、覚然が姿を現した。雲水笠を手にしている。雲水笠をかぶると人目につきやすい、と考えた覚然が、できるだけ目立たぬようにと思案した結果のことであった。

十分間をあけて、塩崎をつけていく。塩崎の行きつく先は見当がついていた。

「塩崎が茢豆屋に入るのを見届けるだけでいい」

と十蔵からいわれている。

気づかれないように、つけていけばよいのだ、そう自分に言い聞かせながら覚然は、塩崎の後ろ姿が判別できる、ぎりぎりの隔たりを計りながらつけつづけた。


やってきた塩崎を茢豆屋は満面を笑み崩して主人の控部屋へ招じ入れた。

向かい合って座るなり茢豆屋が話しかけた。

「文を持たせて使いを出そうとおもっていたところです」

「店頭がいろいろと嗅《か》ぎ回っているのだな」

「知っていたのですか」

「同役の者が店頭のやっている脇本陣に招かれ、昼餉を馳走になったそうだ。その折り、店頭がおれについて、いろいろと探りを入れてきたと同役が知らせてくれた」

「ここにも店頭がやってきました。女衒の勘助が鎌三を殺した。指図したのは砂倉屋らしい。それから問屋会所に差し出し人の名のない文が届けられ、助五郎が殺された、助五郎の荷物が茢豆屋に残っている、と書いてある、助五郎の荷物を預からせてくれ、なかみをあらためたい、と申し入れてきました」

「もちろん断ったのだろうな」

「断りました。助五郎の骸探しを千住宿中の自身番の番太郎に命じてやらせている、と店頭がいうので、骸が見つかったら渡してもいい、といっておきました」

「助五郎も砂倉屋もおれが殺し、骸の手足を断ち切って俵に詰め、茢豆屋の裏に置いてある。腐臭を発する前にどこかに埋めるか、川に沈めるか始末すれば、ふたりの骸が見つかることはない」

「一年以内に年季があけそうな食売女を足抜きさせ、どこぞの岡場所に売り払って一儲けしようと砂倉屋と出入りの女衒三人と組んでの儲け話、五人を売り払って三百両とちょっとしか儲けがなかったのに、わずかな取り分をめぐって仲間割れがはじまるとは考えてもいませんでしたよ」

「此度の足抜きのからくりを知っているのは茢豆屋とおれだけだ。儲けはおれが百両、残りは茢豆屋の儲けということで話がついたではないか。勘助は、見つけ次第、斬り捨てればいい。それより店頭だ」

「どうするか思案のしどころですな」

「死んでもらうしかあるまい。それしか、われわれの身を守る手立てはない」

「たしかにその通りです」

「店頭を呼び出して殺すにはどうしたらいいか考えよう。始末するのはできるだけ早いほうがいい。できれば明日にも始末したいくらいだ」

ふたりが首を傾げた。思案を巡らしているのだろう。

ややあって、荊豆屋が口を開いた。

「いい手をおもいつきました。店頭は、砂倉屋に多少の心得違いがあっても見逃すつもりでいる、丸くおさまるように仲立ちをしてくれといっていた。砂倉屋を種に店頭を呼びだすことにしましょう」

「しくじりは許されぬ。金のためなら何でもする剣の使い手に心当たりがある。下谷の道場主だ。道場とは名ばかりで五人ほど剣の達者が住み込んで、用心棒や人殺し、盗人の手伝いなどをしている。三十両も出せば、引き受けてくれるだろう」

「三十両ですか。取り分が減りますな」

「店頭の調べは、かなりのところまですすんでいるとみたほうがいい。出し惜しみをして、すべてを失うより、三十両払ったほうがいいのではないか」

「それはそうですが」

「おれは明日まで休みをとっている。明日中に店頭を始末しよう」

「そうしますか」

「心中に見せかけて殺したが、いまおもえば、足抜きさせた食売女を御用船に乗せるところを、瀬沢屋から男と足抜きして御上場近くに身を隠していた食売女に見られたことがけちのつき始めだったな」

独り言《ご》ちた塩崎が苅豆屋に顔を向けて、ことばを重ねた。

「おれは、朝一番に下谷の道場にいってくる。用心棒代三十両の半金十五両、出かける前までに用意しといてくれ」

「用意しましょう。私は明日の朝、脇本陣浅尾屋へ出向いて店頭に会い、根岸の料理茶屋で砂倉屋と会う段取りをとった。晩飯でも食べながら、相談にのってもらえないか、と申し入れる。根岸へ向かう道筋には襲撃を仕掛けやすい場所が何ヶ所もある。途中の道筋のどこかで不意打ちを仕掛けましょう」

「よかろう。明日が店頭の命日だ」

「そうですな」

塩崎と苅豆屋が顔を見合わせ、ほくそ笑んだ。

翌朝、脇本陣浅尾屋の奥にある住まいの居間で、十蔵と英次郎が向かい合って座っている。

「どうやら私が仕掛けた罠《わな》に莇豆屋たちが引っかかってきたようだ。今夜、砂倉屋をまじえて根岸の料理茶屋で晩飯を食べながら、いろいろと相談にのってもらいたいといってきた」暮六つ半に駕籠を仕立てて迎えにくるそうだ。

「途中で待ち伏せする企みでしょう。伊八と覚然さんに声をかけ、十蔵さんが乗った駕籠をつけていくことにしましょう」

「そうしてくれ。とりあえず匕首を懐に入れて持って行く。それと脇差でいい。私が使う刀を用意して持ってきてくれ」

「承知しました。それではこれから伊八と覚然さんのところへ出向き、段取りをつけてきます」

脇に置いた大刀に英次郎が手をのばした。

あたりを漆黒の闇が支配していた。

一方に田畑が広がる小高い丘沿いの道を二挺の駕籠がやってくる。

突然、駕籠舁が足を止めた。

前方に塩崎と六人の無頼浪人が立ちふさがっている。

悲鳴を上げ、駕籠舁たちが逃げ出して行く。

前に置かれた駕籠から十蔵が、後ろの駕籠から茢豆屋が降り立った。

塩崎と浪人たちが十蔵を取り囲む。

身構えた十蔵が、茢豆屋に目を走らせて声をかけた。

「茢豆屋さん、やっぱりあんたが足抜き騒ぎの張本人だったたね。私自身を囮《おとり》にしなければ尻尾《しっぽ》は出すまいとおもっていたが、まんまと私の仕掛けに乗ってくれた。砂倉屋も助五郎も、邪魔になって殺したのかい」

せせら笑って塩崎が口をはさんだ。

「おれが殺した。骸の手足を断ち切って俵に詰めた。次は店頭、おまえの番だ」

「おまえさんが塩崎八十助かい。鈴木与五郎さんに一芝居打ってもらったら、まんまと引っ掛かって、そそくさと茢豆屋へ出かけていったね。おまえさんをつけていた者がいたのを気づかなかったようだね。小野派一刀流の免許皆伝が聞いて呆れる。つけられているのに気づかないなんて、まだまだ未熟なんだね」

「何とでもいえ。どうせ貴様はここで死ぬのだ」

いうなり塩崎が大刀を抜いた。

それを合図代わりに六人の無頼浪人も刀を抜き連れる。

茢豆屋が得意げに言い放った。

「店頭、いや浅尾屋、てめえはここで死ぬんだ。念仏でも唱えな」

「死ぬのは、どっちかな。昔から売られた喧嘩《けんか》は買うことにしている。たがいの命を賭《か》けた喧嘩だ。容赦はしないぞ」

「負け惜しみをいうな。刀も持たぬ身で、どうやって戦うつもりだ」

「これで戦うさ」

懐から匕首をとりだして十蔵が引き抜いた。

鞘を懐にねじ込み、身構える。

浪人のひとりが切りかかった。浪人に向かって駕籠を押し倒す。

駕籠を避けようとして浪人が踏鞴《たたら》を踏んだ。浪人に隙が生じたのは明らかだった。

躍り込んだ十蔵が浪人の胸に匕首を突き立てる。

次の瞬間、十蔵は浪人の手から刀を奪い取っていた。

袈裟《けさ》懸《が》けに浪人を斬り捨てる。

瞬きする間の十蔵の技であった。

「次は誰だ。かかってこい」

十蔵が声をかけたとき、駆け寄る足音がした。

苅豆屋と塩崎が足音のほうを振り向く。

大刀を抜きはなった英次郎と、六尺棒を手にした覚然、脇差を抜き連れた伊八が駆け寄ってくる。

脇差をかざして伊八が声を上げた。

「店頭、脇差はあっしが使わせてもらいますぜ」

伊八たちを見て、茹豆屋がわめいた。

「浅尾屋、あらかじめ用心棒を用意していたのか」

「端《はな》から罠だとわかっていた。手配りするのは当然だ。塩崎、勝負所望」

青眼に構えた十蔵が塩崎に迫った。

走り込んできた英次郎、覚然、伊八がそれぞれ浪人たちに斬りかかる。浪人たちも斬りかかった。

激しく斬り結ぶ。

十蔵と塩崎は、たがいに青眼に構えたまま相手の隙を窺《うかが》っている。

日頃持ち慣れぬ大刀の重さに耐えかねたか。十蔵の刀が少し下がった。

その虚をついて塩崎が斬りかかった。

勝負は一瞬のうちに決した。

一歩横に身を移した十蔵の刀が塩崎の脇腹を断ち切っていた。

踏鞴を踏んで、よろけた塩崎に十蔵の袈裟懸けが炸裂《さくれつ》した。

呻いた塩崎が、その場に倒れ込む。

「誘いの手も見抜けぬ未熟者め」

臥した塩崎を十蔵が見据えた。

十蔵が苅豆屋を振り返った。

一歩間合いを詰める。

「待て。許してくれ。おれは刀を持っていない。勘弁してくれ」

後退った苅豆屋に十蔵が告げた。

「苅豆屋、おまえはおれの命を狙った。命のやりとりを仕掛けたのだ。死んでもらう」

一跳びした十蔵が苅豆屋の脳天に刀を叩《たた》きつけた。

脳天を断ち割られ、苅豆屋が崩れ落ちた。

目を向けると英次郎が浪人のひとりと斬り合っている。

鍔《つば》迫り合いになった。

いきなり英次郎が敵の足を踏みつける。

痛みに浪人が呻いて、前屈《まえかが》みとなった。

その虚をついて、英次郎が斜め後ろへ跳び下がった。

再び前に跳びながら浪人の胸元へ突きを入れる。

英次郎の大刀は浪人の胸から背中へと突き抜けていた。

伊八は、斬り結ぶのが精一杯の様子だった。

石にでもつまずいたか、よろけた伊八に相手の浪人が斬りかかろうとしたとき、背後に迫った英次郎が浪人の肩口から脇腹へと袈裟掛けの一太刀をくれていた。断末魔の呻きを発して浪人が頽《くずお》れる。

覚然は、斬りかかる髭面の浪人ののどに六尺棒を突き立てていた。

突きをくらった浪人がのけぞって、後方へ倒れ込む。

茢豆屋や塩崎、刺客たちが地に臥していた。すでに息絶えているのか、身動きひとつしない。

駆け寄った英次郎、伊八、覚然に十蔵が声をかけた。

「引き上げるぞ」

その声に英次郎たちが大きくうなずいた。

その日は、雲一つない青空だった。

苅豆屋や塩崎たちと斬り合って、すでに数日が過ぎ去っている。

やっちゃ場の競りも終わり、大八車に山と積まれた青物も運び出されて千住宿には束の間の静けさが訪れていた。

千住大橋のなかほどに十蔵と英次郎の姿がある。

ふたりは隅田川を眺めていた。

隅田川を、荷を運ぶ多数の舟が行き交い、都鳥が群れをなして舟のまわりを飛び回っている。

都鳥を目で追いながら、十蔵が英次郎に話しかけた。

「苅豆屋も砂倉屋も女房が食売旅籠を継いで、商いをつづけていくことになった。深川へ売られた食売女たちは、苅豆屋と砂倉屋の女房たちに買い戻しをまかせた。お倫が勘助の住まいから盗みだしてきた書付を見せたら、ふたりとも驚いていたよ。私が一件を表沙汰にしないかわりに、足抜きを装って鞍替えさせられた食売女たちを買い戻すように指図したら、女房たちは買い戻しに行くと約束したよ」

「勘助の行方はわからずじまいです。勘助が千住宿にやってきたら必ずひっ捕らえてみせますが、おそらくやってこないでしょう」

「塩崎は病死、苅豆屋は辻斬りに斬られた、というもっともな理由をつけて一件を落着させた。久しぶりにのんびりできるな」

「近いうちにお澄と、飛鳥山の麓にある料理茶屋扇屋《おうぎや》へ名物の卵焼きでも食べにいってきます」

「たまには夫婦水入らずで楽しんできたほうがいい」

「できるだけお澄とふたりであちこちに出かけ、こころが安らぐ時をすごすべきだと考えています」

「そうしろ。お澄さんとふたりでこの千住大橋を渡ったときのことをおもいだすのだ。幸せになろう、ならねばとおもって英次郎もお澄さんも、この橋を渡ったはずだ」

「そうです。ふたりで、幸せをつかもうと手をとり合って渡りました」

「こころの持ちようで、この千住大橋は極楽への渡し場ともなり、閻魔《えんま》様の仕切る地獄への渡し場にもなるのだ。江戸へ入っていく旅人も、去っていく旅人も、それぞれのおもいをこころに秘めて、千住大橋を渡っていくのだろう。旅人も宿場に住む者たちも、日々安穏に暮らせるように力の限り動く。それが店頭の務めだ」

川面《かわも》を見つめたまま、英次郎がうなずいた。

陽光が降り注ぐ隅田川の水面に、吹く風が黄金色の文様をつくりだし、絶え間なくつくり変えていく。

川面を眺める十蔵と英次郎の後ろを、旅人たちや町人たちが途切れることなく行き来している。

千住大橋の欄干に躰をもたせかけるようにして、十蔵と英次郎は身じろぎもせず、陽差《ひざ》しの生み出す千変万化の水面の文様を見つめつづけていた。

本書は、ハルキ文庫（時代小説文庫）の書き下ろしです。

時代小説文庫
よ 8-3

千住宿情け橋《せんじゅしゅくなさけばし》 一

著者 吉田雄亮《よしだゆうすけ》

2015年6月18日第一刷発行

発行者 角川春樹

発行所 株式会社 角川春樹事務所
〒102-0074 東京都千代田区九段南2-1-30 イタリア文化会館

電話 03(3263)5247[編集] 03(3263)5881[営業]

印刷・製本 中央精版印刷株式会社

フォーマット・デザイン&シンボルマーク 芦澤泰偉

ISBN978-4-7584-3915-2 C0193

http://www.kadokawaharuki.co.jp/[営業]
fanmail@kadokawaharuki.co.jp[編集] ご意見・ご感想をお寄せください。

時代小説文庫　ハルキ文庫

新装版　橘花《きっか》の仇《あだ》　鎌倉河岸捕物控〈一の巻〉
佐伯泰英
江戸鎌倉河岸の酒問屋の看板娘・しほ。ある日父が斬殺されたが……。
人情味あふれる交流を通じて、江戸の町に繰り広げられる
事件の数々を描く連作時代長篇。（解説・細谷正充）

新装版　政次、奔《はし》る　鎌倉河岸捕物控〈二の巻〉
佐伯泰英
江戸松坂屋の隠居松六は、手代政次を従えた年始回りの帰途、
刺客に襲われる。鎌倉河岸を舞台とした事件の数々を通じて描く、
好評シリーズ第２弾。（解説・長谷部史親）

新装版　御金座破り　鎌倉河岸捕物控〈三の巻〉
佐伯泰英
戸田川の渡しで金座の手代・助蔵の斬殺死体が見つかった。
捜査に乗り出した金座裏の宗五郎だが、
事件の背後には金座をめぐる奸計が渦巻いていた……。（解説・小梛治宣）

新装版　暴れ彦四郎　鎌倉河岸捕物控〈四の巻〉
佐伯泰英
川越に出立することになったしほ。彼女が乗る船まで見送りに向かった
船頭・彦四郎だったが、その後謎の刺客集団に襲われることに……。
鎌倉河岸捕物控シリーズ第４弾。（解説・星　敬）

新装版　古町《こまち》殺し　鎌倉河岸捕物控〈五の巻〉
佐伯泰英
開幕以来江戸に住む古町町人たちが「御能拝見」を前に
立て続けに殺された。そして宗五郎をも襲う謎の集団の影！
大好評シリーズ第５弾。（解説・細谷正充）